共和国故事

硕果累累

——全国各地乡镇企业蓬勃发展

郑明武 编写

吉林出版集团股份有限公司

图书在版编目（CIP）数据

硕果累累：全国各地乡镇企业蓬勃发展/郑明武编. —

长春：吉林出版集团股份有限公司，2009.12

（共和国故事）

ISBN 978-7-5463-1789-2

Ⅰ．①硕… Ⅱ．①郑… Ⅲ．①纪实文学 – 中国 – 当代 Ⅳ．①I25

中国版本图书馆 CIP 数据核字（2009）第 236761 号

硕果累累——全国各地乡镇企业蓬勃发展

SHUOGUO LEILEI　　QUANGUO GE DI XIANGZHEN QIYE PENGBO FAZHAN

编写　郑明武

责任编辑　祖航　宋巧玲

出版发行　吉林出版集团股份有限公司

印刷　三河市嵩川印刷有限公司

版次　2010 年 1 月第 1 版　　　　2022 年 1 月第 9 次印刷

开本　710mm×1000mm　1/16　　　　印张　8　字数　69 千

书号　ISBN 978-7-5463-1789-2　　　　定价　29.80 元

社址　吉林省长春市福祉大路 5788 号

电话　0431 – 81629968

电子邮箱　tuzi8818@126.com

前　言

　　自 1949 年 10 月 1 日中华人民共和国成立至今，新中国已走过了 60 年的风雨历程。历史是一面镜子，我们可以从多视角、多侧面对其进行解读。然而有一点是可以肯定的，那就是，半个多世纪以来，在中国共产党的领导下，中国的政治、经济、军事、外交、文化、教育、科技、社会、民生等领域，都发生了深刻的变化，中国人民站起来了，中华民族已屹立于世界民族之林。

　　60 年是短暂的，但这 60 年带给中国的却是极不平凡的。60 年的神州大地经历了沧桑巨变。从开国大典到 60 年国庆盛典，从经济战线上的三大战役到经济总量居世界第三位，从对农业、手工业、资本主义工商业的三大改造到社会主义市场经济体制的基本确立，从宜将剩勇追穷寇到建立了强大的国防军，从废除一切不平等条约到独立自主的和平外交政策，从"双百"方针到体制改革后的文化事业欣欣向荣，从扫除文盲到实施科教兴国战略建设新型国家，从翻身解放到实现小康社会，凡此种种，中国人民在每个领域无不留下发展的足迹，写就不朽的诗篇。

　　60 年的时间在历史的长河中可谓沧海一粟。其间究竟发生了些什么，怎样发生的，过程怎样，结果如何，却非人人都清楚知道的。对此，亲身经历者或可鲜活如昨，但对后来者来说却可能只是一个概念，对某段历史的记忆影像或不存在，或是模糊的。基于此，为了让年轻人，特别是青少年永远铭记共和国这段不朽的历史，我们推出了这套《共和国故事》。

《共和国故事》虽为故事，但却与戏说无关，我们不过是想借助通俗、富于感染力的文字记录这段历史。在丛书的谋篇布局上，我们尽量选取各个时代具有代表性或深具普遍意义的若干事件加以叙述，使其能反映共和国发展的全景和脉络。为了使题目的设置不至于因大而空，我们着眼于每一重大历史事件的缘起、过程、结局、时间、地点、人物等，抓住点滴和些许小事，力求通透。

历史是复杂的，事态的发展因素也是多方面的。由于叙述者的视角、文化构成不同，对事件的认知或有不足，但这不会影响我们对整个历史事件的判断和思考，至于它能否清晰地表达出我们编辑这套书的本意，那只能交给读者去评判了。

这套丛书可谓是一部书写红色记忆的读物，它对于了解共和国的历史、中国共产党的英明领导和中国人民的伟大实践都是不可或缺的。同时，这套丛书又是一套普及性读物，既针对重点阅读人群，也适宜在全民中推广。相信它必将在我国开展的全民阅读活动中发挥大的作用，成为装备中小学图书馆、农家书屋、社区书屋、机关及企事业单位职工图书室、连队图书室等的重点选择对象。

编　者
2010 年 1 月

一、放开政策

中央鼓励大力发展社队企业/002

各地积极促进社队企业发展/006

社队企业努力克服各种问题/016

各地社队企业发展十分迅速/023

召开社队企业产品展销会/028

国务院支持社队企业发展/032

社队企业显示出巨大生命力/039

二、全面发展

中央支持大力发展乡镇企业/044

乡镇企业转产谋发展/048

各类人才开始涌向乡镇企业/058

乡镇企业技术研究所成立/066

一批乡镇企业家诞生/069

乡镇企业充分发挥自身优势/076

各地因地制宜发展乡镇企业/079

大企业帮助乡镇企业发展/083

承包制激发乡镇企业活力/086

目 录

三、开创未来

颁布乡镇企业管理法规/092

创办乡镇企业制度试验区/095

科技人才助乡镇企业发展/102

乡镇企业走上品牌化之路/108

乡镇企业积极参与出口创汇/110

江泽民高度评价乡镇企业/116

一、 放开政策

● 朱兴度对他在上海的亲戚说："吴书记派我来向叔伯阿姨们打探打探，希望你们能给多出好点子。"

● 北京科技情报所一位负责人说："这一产品适合中国需用。"

● 交通部门说："你们的产品运输不在我们的计划任务内。"

中央鼓励大力发展社队企业

1978 年 12 月 18 日至 22 日，具有划时代意义的中国共产党第十一届中央委员会第三次全体会议，在北京隆重召开。

出席会议的中央委员 169 人，候补中央委员 112 人。全会的中心议题是讨论把全党的工作重点转移到社会主义现代化建设上来。

这次会议的伟大意义在于拨乱反正，使党和国家在政治、经济等方面全方位走上正确道路，是中共历史上具有深远影响的转折。

此次会议以后，全国各类经济体，包括乡镇企业也开始发展起来。当然，中国的乡镇企业的形成和发展历史更早。

我国的乡镇企业是从原来人民公社和生产大队所办的企业，即社队企业的基础上发展而来的，而社队企业是在农业合作化高潮中，在农村手工业的基础上产生的。

1958 年，全国各地迅速掀起了人民公社化和大办钢铁的群众运动。

在当时，围绕着大炼钢铁，各地的公社办起了一大批小型炼铁厂、小矿山、小煤窑、小农机修造厂、小水泥厂、小食品加工厂等企业。

在同时，各地还把原来农业合作社已建立的许多副业小厂，都无偿地转为公社工业；原农业合作社办的种植、养殖场，也收归公社所有。

在这种情况下，在不到一年的时间内，一大批公社企业得到快速发展。到 1959 年 6 月底，全国有社办工业企业 70 万个，总产值 71 亿元，约占全国工业总产值的 10%。

1958 年 12 月，中共八届六中全会通过《关于人民公社若干问题的决议》。"决议"肯定了公社工业化的发展，指出"人民公社必须大办工业"。

在 20 世纪 60 年代，在对人民公社进行整顿的同时，对社队工业进行了调整和压缩。这样一来，社队企业的发展开始受到限制，甚至出现衰落趋势。

到 20 世纪 70 年代，社队企业开始略有发展，但是非常缓慢。截至 1978 年，我国社办、村办的企业只有152.42 万个，联户企业和个体企业则几乎是空白。

十一届三中全会后，党中央的工作重心转向经济发展。1979 年 7 月 3 日，根据十一届三中全会精神，国务院颁发了新中国成立以来第一个关于发展社队企业的指导性文件，即《关于发展社队企业若干问题的规定（试行草案）》。

"规定"第一条即明确指出：

按照党的十一届三中全会关于加快农业发

展的若干问题的决定，社队企业要有一个大发展。社队企业发展了，首先可以更好地为发展农业生产服务，可以壮大公社和大队两级集体经济，为农业机械化筹集必要的资金；同时也能够为机械化所腾出来的劳动力广开生产门路，充分利用当地资源，发展多种经营，增加集体收入，提高社员生活水平；还能够为人民公社将来由小集体发展到大集体、再由大集体过渡到全民所有制逐步创造条件。公社工业的大发展，既可以为社会提供大量的原材料和工业品，加速我国工业的发展进程，又可以避免工业过分集中在大中城市的弊病，是逐步缩小工农差别和城乡差别的重要途径。

同时，"规定"还明确提出了发展社队企业的方针、经营范围、资金来源、所有制等。

此文件对发展社队企业的方针、政策及方向作了如此明确的规定，标志着社队企业的发展进入了历史性的转折。

9月，中共中央召开的十一届四中全会，通过了《关于加快农业发展若干问题的决定》。

"决定"明确指出：

社队企业要有一个大的发展，逐步提高社

队企业的收入占公社三级经济收入的比重。凡是符合经济合理原则，宜于农村加工的农副产品，要逐步由社队企业加工。

"决定"发出后，各地和有关部门为贯彻中央决定精神，结合当地实际，相继制定了一系列扶持社队企业发展的措施。

这些措施的制定与实施，打消了广大基层干部和农民的顾虑，调动了他们发展社队企业的积极性，这为社队企业的发展提供了一个适合的环境。

在这种情况下，各地社队企业开始迅猛发展起来。于是，人们也把这个时期称为乡镇企业发展的"第一个春天"。

● 放开政策

各地积极促进社队企业发展

1979 年，中央允许社队企业发展后，各地开始通过各种方式，积极促进本地社队企业发展。

在广西，当时有 4 万多个社队企业，60 多万从业人员。这些社队企业经营的产品涉及衣、食、住、行、用各个方面，有些传统产品还畅销国内外。

其中，都安瑶族自治县地苏公社的竹器，桂林的白竹筷、六角竹帽、湘纸，环江的竹席，崇左江州的草席，玉林和梧州地区的万金纸，都在国内市场享有盛誉。

改革开放以后，广西社队企业有了成倍的发展。但是，大发展也带来了新的问题，带有普遍性的问题是产品工艺粗、样式土、价钱高。

究其原因，这些问题或者由于缺乏严格的操作规程和保证产品规格质量的制度，或者盲目地看到产品畅销而采用了"萝卜快了不洗泥"的做法，或者由于设备、工艺陈旧，质量不过关，生产效益低等。

由于这些问题没有很好解决，结果造成了零售商店、批发部门、转运单位，以及生产企业不同程度的积压，也妨碍了社队企业的发展和巩固。

对这种情况，广西各地领导部门十分重视，强调整顿社队企业，首先要对企业领导思想进行整顿。

为此，从自治区到各地、县，都树立了一批一贯讲究产品质量或重视质量以后变化显著的先进典型，以此来引导全区社队企业，使他们确立质量第一的指导思想。

地处丘陵山区、竹源丰富、历史上一度外销上百万件竹器的容县，有一段时间圆头油竹帽出现了滞销。

经过调查发现，这种帽子由于式样老，而且因为帽檐小而戴不稳，在北方已不再受欢迎。

原因发现后，生产单位根据群众提出的要求，多生产六角帽、河南帽、湖北帽等新产品，很快销售量就上去了。

平乐县同安公社卫生纸厂，以前生产的卫生纸杂质多，易变黄，群众不欢迎。

后来，这个厂下决心提高质量，改革了旧设备，增设了两个除渣器，改进了漂白操作工艺，结果生产出的卫生纸又柔又白，很快变成了畅销品。

广西各有关部门还针对社队企业成员接触外界少，对外地新工艺不甚了解的实际情况，积极帮助社队企业成员开阔眼界，组织他们学习新技术、新工艺，尽快提高产品质量、增加花色品种。

在当时，陆川县组织生产瓷器的社队企业人员到国营瓷厂参观学习，同时引进新样品供他们参考学习。此后，产品正品率很快达到 95% 以上。

与此同时，广西人民公社企业局和供销社，还联合举办社队企业产品比质比价活动。

通过这些活动，广西各地进一步提高了社队企业搞好产品质量的自觉性，从而使广西各地的社队企业越来越红火。

在江苏，当时该省社队企业的收入，已占农村人民公社三级经济总收入的43%。

然而，人们发现，当时有的地县在发展社队企业中存在一定盲目性，有些社队往往看到哪个产品利润多，就生产哪个产品，看到别人搞什么自己就搞什么，结果使一个地区同类型的工厂发展过多，过于集中。

由这种盲目性带来的问题很多，如有的县有几十家锉刀厂；有些企业没有充分利用本地资源，搞"无米之炊"，生产很不稳定；有些企业没有根据市场需要的变化，及时转产和增加花色品种，造成产品积压。

1979年，中央鼓励发展社队企业后，江苏省各地都以积极态度对社队企业进行调整和整顿，大力增产适销、对路产品。

首先各地在增加产量的同时狠抓质量。为此，各地要求，凡是长线产品，通过增加花色品种以适应市场需要；凡质量不过关、市场不需要、原材料无法解决的产品，则及时组织转产。

这样的整顿效果是非常明显的，启东县经过整顿，针织工业比上年同期增长86%，服装工业增长3倍以上，建材工业增长54%。

同时，江苏社队企业在调整中，还注意发挥本身的特点，依靠市场调节，打进攻战。

无锡县长安公社综合厂原来生产皮鞋和服装，后来由于化纤织物折收布票，原料无来源，从而使生产陷于困境。

在调整中，长安公社综合厂利用原有设备条件，试制成功出口车缝手套，接着抓紧改造设备，拉开生产线，专为外贸定点生产。

及时转产效果非常明显。1979年原计划105万元产值，然而上半年就完成了106万元，半年就超额完成了全年的产值。

在扶持社队企业过程中，人们发现社队企业是"船小掉头快"，只要肯开动脑筋，广找门路，就能很快见到成效。

认识到此后，江苏有些社队企业因地制宜，利用自己的优势，发挥自己的特长，趋利避害，也使生产稳步前进。

在当时，有的地方原材料比较丰富，他们就大力发展原材料工业；有的地方工业基础好、技术力量强，就发展自己富有特色的产品，在原有的基础上努力增加花色品种，提高产品质量。

吴县北桥公社利用他们传统的纺织、刺绣工艺，生产绣花尼龙衫20多种，远销东南亚各地，受到用户的热烈欢迎。

紧接着，吴县北桥公社又利用工艺优势生产了一种蛇皮手套，畅销加拿大、瑞典。

高淳县沧溪塑料厂根据自身特点，提出"轻工要轻，产品要新，技术要精，用户要称心"的口号，改革工艺，增加了10多个新产品，在全县不少塑料厂生产面临困难的情况下，他们不仅站住了脚跟，生产还有了很大发展。

就这样，在全省的共同努力下，到1979年7月底，江苏全省社队企业总产值比上年同期增长8%，全省14个地、市，有10个地、市都有增长。其中，常州、无锡、徐州3个市郊增长15%至30%。

在黑龙江，这里地域辽阔，资源丰富，发展社队企业具有得天独厚的优越条件。

1979年春天，黑龙江省开始响应中央号召，认真抓社队企业的整顿。

10月下旬，黑龙江省又召开了全省社队企业工作会议，总结交流调整、发展社队企业的经验，表彰奖励一批先进单位和先进个人，进一步讨论落实了全省发展社队企业的规划和措施，从而推动社队企业在调整中不断发展。

在调整社队企业的过程中，黑龙江省委十分注意引导社队发展加工工业，为实行农工商一体化经营创造条件。

为此，黑龙江省有关部门明确规定，对那些社队能办的企业和项目，县以上单位不要去办，已经办起来的要转让给社队去办。

同时，还要求把适宜社队经营的酱醋、咸菜、豆制品、小食品等生产项目，让给社队去办；把现在"全民办、集体干"的企业，逐步从全民划出来，实行独立核算，自负盈亏。

为了解决社队企业的各种难题，黑龙江省有关部门还提出，各地公社可以根据需要组织装卸队、运输队和建筑工程队，兴办饭店、旅店、浴池、缝纫、照相、修理、托幼等服务行业。

为了把社队企业产品的销售渠道搞畅通，黑龙江省委还强调，社队企业的生产要逐步纳入国家计划，产品销售要充分利用现有的流通渠道。

因地制宜发展社队企业，一直是黑龙江省各地政府在调整整顿社队企业中非常重视的一项措施。

1979 年，肇东县的社队企业遇到了两个突出问题：一个是产品"消化不了"，大量积压滞销；二是"吃不饱"，原料短缺。

为了解决社队企业产品积压问题，他们主动出去推销产品，招揽生意，签订订货合同。同时，社队企业还及时根据市场的变化，调整和安排生产计划。

在当时，肇东县尚家公社联合厂，原来生产一种汽车零件，当时，这个厂发现这种产品已经饱和，而许多基本建设单位却急需一种建筑材料。于是，他们就转而生产这种产品，仅一年，他们的年产值就达 60 万元。

由于对社队企业采取了一系列符合实际的正确的政

策和措施，1979 年，黑龙江省的社队企业出现了一个稳定发展的局面。

在当时，全省 90% 的公社、70% 以上的大队办起了社队企业。同时，社队企业的产值和利润也达到飞速的发展。

在经济比较落后的安徽，当时，为了帮助贫困社队尽快改变面貌，国家和地方每年都要拿出一部分资金无偿投资，支援穷社穷队发展生产。

在过去，这些资金大都用来买农业机械送给穷社穷队，这种做法虽然起了一定作用，但效果不够理想。因为穷社穷队经济收入低，有了农机往往买不起机油、配件，群众把这些农机称为"不下蛋的'公鸡'"，送来也养不起。

1979 年，安徽省决定改变这种投资的方法，把注意力放在帮助穷社穷队发展社队企业上，他们把这个办法叫做帮助穷社穷队"买母鸡下蛋"。

为此，全省先后从国家支援人民公社投资中拿一半，又从地方财政中节省出一些资金，共达 1700 多万元，集中地支援低产贫困地区的社队。

实践证明，帮助穷社穷队"买母鸡下蛋"是从根本上治穷的一个灵办法。因为穷社穷队在劳力、资源上并不"穷"，他们要求办工业的积极性也非常高，只要支援一点资金作"本钱"，社队企业就能很快地办起来。

地处淮北平原的宿县蒿沟公社，原来没有社队企业，国家投资 1.8 万元后，一下子就办起了 5 个小企业，当年产值就达到 12 万多元。

社队企业在全省处于最低水平的阜南县，1978 年社队企业收入只有 300 多万元。1979 年，国家给这个县无偿投资 39 万元，地方财政投资 1 万元，支援这个县的 37 个公社、9 个大队新建、扩建企业 70 个。

有了这笔投资后，该县社队企业发展很快，当年全县社队企业总收入达到 700 多万元，比上一年翻一番还多。

安徽省在帮助穷社穷队发展社队企业时，还比较讲究经济效果，支援的一些项目尽量做到投资小、见效快、收益大。对于那些有一定基础、又有资金困难的社队企业，他们也给以支援，效果非常显著。

宁国县东岸公社锡铁厂，已投资 12 万元，但是还差些资金上不去。1979 年，安徽省就给这个公社投资 3.5 万元。

获得这笔投资后，东岸公社锡铁厂配套设备很快购置齐全，并迅速投产运营，当年产值达 60 万元。

伴随着社队企业的发展，社队企业的污染问题也引起了人们的重视。帮助社队企业解决污染问题，也是当时各地政府的一项重要举措。

1979 年以后，辽宁营口县的社队企业发展很快，到 1980 年，全县已经办起了 530 多个社队工厂企业，社队企业遍及 20 个公社、农场。

但是，当时的这些社队企业大都是土法上马，设备简陋，管理落后，没有"三废"处理设施，废水满地流，废气随风飘，粉尘满地落。

这样一来，全县受污染的农田、果园竟高达3万亩，这给农、林、牧、副、渔生产造成了危害，群众健康也受到影响，反映十分强烈。

营口县领导机关对发展社队企业中出现的这个新问题非常重视，他们认识到不加强污染的防治，势必蔓延成灾，影响农业生产和人民健康，也影响社队企业的发展。

于是，营口县有关部门及时建立了环境保护机构，制定了社队企业环境保护管理办法以及管理计划。

在具体实施中，营口县有关部门严格把住了几道关口：对新建、改建、扩建、转产的社队企业，凡没有"三废"治理方案的，不发给营业执照，不拨给基建、流动资金和银行贷款，不供应材料、燃料，不帮助其销售产品。

对于已出现污染的企业，有关部门立即责令他们限期治理。

而对"三废"治理搞得好的单位，有关部门则在各方面给以照顾。

1979年下半年，营口县以污染严重的小苦土为治理重点，给社队企业里85%的雷蒙粉尘机安装了布袋除尘器，基本解决了粉尘污染问题。

1979 年至 1980 年期间，营口限期治理的社队企业有
20 个。经过整顿调整，这些原本污染的社队企业都已取
得了显著成绩。

　　经过整顿后，社队企业周围的老百姓不再受环境污
染之苦，他们都高兴了，纷纷称赞县委真心为老百姓
着想。

　　就这样，营口县治理了"三废"，净化了环境，同时
变"废"为宝，增加了社队企业的收入。

　　和广西、江苏等省、自治区一样，在 1979 年中央鼓
励社队企业发展后，各地都采取了一定的鼓励措施。这
些措施，有力地促进了各地社队企业的大发展。

社队企业努力克服各种问题

1979 年，在中央和各地政府的支持下，各地社队企业取得了飞速发展。

然而，社队企业由于规模小，从业人员素质低等多方面的原因，社队企业在发展中大都出现很多困难。

在社队企业面临的困难中，销售难是最让他们头痛的。

在当时，社队企业的大部分产品未列入国家购销计划，国营商业部门不经营。

而在广大农村，一些属于国家计划外的和完成国家统购、派购任务以后的农副产品以及多种经营产品，由于社队不能直接和市场挂钩，也无法销售出去。

再加上没有专业的销售人员，不了解市场，销售渠道不畅，等等，这些都造成社队企业销售困难。

为了给流通领域开辟一条新渠道，打破长期存在的由国营商业独家经营、统得过死的局面，各地社队企业都在采取措施努力克服这个问题。

1980 年下半年，四川农村广泛试办了人民公社供销经理部，这个经理部包括贸易货栈和公社供销公司。

供销经理部成立后，其以开展代购代销业务为主，只收取少量手续费。

各地供销经理部主要经销本县社队企业的产品，他们积极帮助疏通渠道，经营生产队完成国家统购、派购任务后的产品，或商业部门不收购的产品；接受国营商业的委托，代销和经销部分产品；在执行国家统一价格政策的原则下，经营社队企业推销产品时换回的产品和原材料。

不少供销经理部还下设若干产品销售门市部和收购站，以代购代销为主，开展经营活动。

各地试办的人民公社供销经理部，促进了社队企业原材料和产品的购销，打开了农副业和多种经营的销路，促进了生产的发展。

同时，各地人民公社供销经理部在活跃本地市场，满足集体和社员对生产资料、生活日用品的需要方面，给国营商业起到了补充作用。

在陕西，为适应社队企业迅速发展的需要，陕西省从1979年开始，就陆续建立和健全社队企业供销公司。

到1980年，全省已有75%的县建立了这种公司。这些供销公司在组织社队企业生产，交流经济信息，沟通产供销渠道，开展协作，做好物资供应和产品销售等方面，发挥了作用。

在成立的一年半中，全省供销公司总经营额达1400多万元。

面对社队企业存在的人员素质低下问题，社队企业也开始把目光转向城市，向城市"挖人"。

据 1981 年的一份《人民日报》报道：

> 历来都是城市向农村招工，而今年北京市丰台区黄土岗公社榆树庄大队，却向北京城里招收了五十多名待业青年，在队办企业中做临时工。
>
> 近两年来，这个大队的多种经营和为城市服务的工副业迅速发展，劳动力渐趋紧张。
>
> 从今年 3 月开始，在城镇待业青年中招收临时工。这些被招的青年分别安排在大队的水泥构件厂、砂石厂和修配厂工作。
>
> 工资有计件计时两种形式，每人每月平均工资五十元左右，最高的达六十元。前来做工的青年及其家长都比较满意。
>
> 据了解，招用城镇青年比用社员工每个劳动力每月要少开支三十元左右，对大队企业也很合算。

像北京这样进城招工的，在全国还有很多地方。当时，在沈阳、广州、武汉等地，都曾出现过农村社队企业进城招工现象。

在那个人人向往进城的年代，农村企业进城招工，而且招到了工，一时传为美谈。

更为重要的是，通过招工，社队企业在一定程度上，解决了各类人才紧缺的问题。

社队企业作为一种由公社或大队新办的经济实体，一般都存在规模小的问题。因此，很多社队企业，尤其是一些为大型工业提供配件的社队企业，要想顺利发展，就必须与大型工业企业搞好关系。

湖北省襄樊市是一个有30万人口的新兴工业城市，这个城市轻纺、电子为主的大工业和交通运输业非常发达，是鄂西北物资集散地和经济中心。

在当时，市郊农村人多地少，随着城市建设和工业的不断发展，社队企业应运蓬勃发展起来。

1981年，这里已有社队企业171个，社队企业从业人数达5212人。

襄樊市郊在办社队企业中，从开始就作了长远打算和通盘安排。他们针对本地区条件，认为只有立足于为大工业服务，围绕市场需要，才能充分发挥社队企业的作用。

为此，各个社队企业纷纷把为大工业配套、同大工业搞联合经营，作为发展方向。

在具体实施中，这些社队企业与大工业企业实行产品归口管理，设备归口配套，技术归口指导，生产归口调度。

通过这种方式，社队企业做到了供、产、销渠道畅通，防止了与大工业争原料的矛盾。

一段时间，这个市也曾出现国营纺纱厂产品销不了，印染厂吃不饱，中间织布跟不上的情况。

据此情况，王寨公社在市棉织厂的扶持下，投资建了一座拥有400台自动织布机的织布厂。

织布厂建成后，产品不愁销路，工厂发展很快，当年总产值达1000万元以上。同时，还实现了全市纺织、织布、印染"一条龙"。

在为大工业服务的同时，襄樊市还根据郊区社队靠市区近的特点，提出办企业要为市民生活着想，弥补国营服务网点不足。

为此，社队本着因地、因人、因材、因时制宜的原则，广开门路，靠山的发展建材，靠水的发展养殖，靠大工厂的发展建筑维修，靠车站、码头的发展装卸、运输，靠交通要道和人口稠密的地方发展饮食服务行业。

社队企业成立之初，他们大多因陋就简，土法上马，用"滚雪球"的办法边生产边建设，逐步壮大完善。

在当时，王寨公社美满大队根据襄樊作为铁路运输枢纽的需要，自筹资金190万，兴办了一座大型饭店。饭店楼高七层，有800多个床位，成为襄樊市当时最大的饭店。

饭店建成后，路过旅客常来就餐，饭店生意非常火爆，为公社带来了很大的经济效益。

在当时，襄樊市酒精厂每天排出大量废水，污染环境，造成附近养殖的鱼类大量死亡。

面对这种情况，庞公公社建立了一座酒精废水处理站，将大量废水沉淀处理，变成难得的养猪饲料，既控制了公害，又为养猪事业开辟了新的饲料来源，一年收入5万多元。

与襄樊一样，天津市周围的农村也在依附天津大工业，发展社队企业。

在当时，天津市自行车锁厂是一家很大的制造类企业，在生产过程中，自行车厂便把部分工艺简单、用人较多的零件制作外包出去。

就这样，天津周围的宝坻县、静海县、霸县、黄骅县的10多个社队企业，就开始靠生产自行车零件发展起来。

苏家屯区是沈阳市的远郊区，以农业生产为主，1979年全区人均收入175元。

1980年以后，苏家屯社队企业和区委反复研究怎样才能办好社队企业，使全区进一步富起来。

经过调查研究，社队企业和区委领导同志看到，要广开生产门路，办好社队企业，就必须有一批科技人才和能工巧匠。

但由于本区缺乏这方面的人才，社队企业向区委领导请示，就决定公开招聘，并由区委制定了对应聘人员具有很强吸引力的五条措施：

一、应聘者经过一段试用，证明确有真才实学的，均可迁来落户。原为城镇户口的可迁到苏家屯镇，家属是农村户口的可来本区农村落户。二、子女是城市待业青年的，可给安排工作；属下乡知识青年的，可进家长所在的工厂工作。三、给应聘人员安排住房或家属宿舍。四、给应聘人员高于原来的工资待遇。五、根据应聘人员贡献大小，酌情给予物质奖励。

"能人"的到来，为社队企业扩大了生产门路。

在当时，城郊公社招聘的 5 名技术人员，帮助公社和一个大队联合办起服装厂，从服装设计到生产加工，全部由技术人员负责。

由于服装样式新颖，质量良好，产品畅销，仅一个多月便获利 8500 元。

20 世纪 80 年代初，社队企业在起步阶段出现了很多这样或那样的问题，但是它们靠着"船小好掉头"的优势，通过不断努力，终于在艰难的环境下，赢得了自己的发展空间。

各地社队企业发展十分迅速

1979 年以后，各地社队企业迈开了飞速发展的步伐，一时间各地社队企业如雨后春笋般地冒了出来。

1979 年元旦刚过，江苏华西村的朱兴度，赶到大上海，希望到那里摸到市场信息。

在此前，华西村吴仁宝办小五金厂，取得了成功，这给华西村发展带来了更大的动力。

朱兴度就是在这个小五金厂里工作多年的技术工人。此次到上海，朱兴度就是看看还有没有好的项目，好回去办厂。

朱兴度来到上海后，就对他在上海的亲戚说："现在全国出了名的华西吴仁宝，不仅要抓农业，还要办很多工厂，可是办什么厂好呢？吴书记派我来向叔伯阿姨们打探打探，希望你们能给多出好点子。"

朱兴度的上海亲戚们被华西人的事迹感动了，他们纷纷提供了很多办厂信息，其中有一个就是办钢板网厂。朱兴度仔细一问，觉得这个建议很合算。

朱兴度在上海转了一圈，打听到"钢板网"的用途很广泛，建筑防护、电气和机械设备配套等都少不了它，而且市场需求量特别大，已经到了供不应求的地步。

随后，朱兴度通过朋友结识了上海的一些经理、科长，摸清了产品销路，甚至厂子还没有，他就和人家谈起了供货意向，开始推销产品了。

朱兴度把信息摸清之后，立即马不停蹄地赶回了华西。

一见面，吴仁宝就笑着对朱兴度说："你这次到上海肯定摸到'大鱼'了。"

朱兴度不由一愣："你怎么知道的？"

吴仁宝指着朱兴度的脏衣服和一头杂乱的头发说："是它们告诉我的，你是不是连家门也没进就来找我了？这就说明肯定有大收获。"

朱兴度是吴仁宝看着长大的，所以吴仁宝深深了解朱兴度的性格，这个年轻人干一行爱一行，头脑灵活又肯钻研，办事认真负责，干脆利索。

朱兴度中学毕业后，队里分派他去养猪，他二话没说就去了，一边认真干活，一边摸索出了科学饲养的方法，他养的猪个个膘肥体壮。

1968 年，华西办起了"小红炉"铁匠铺，吴仁宝又让 18 岁的朱兴度去学打铁，有意识地培养锻炼这个小青年。

大家看到吴仁宝让个头不高、眉清目秀的朱兴度去干打铁的重体力活，就说吴书记是"乱点鸳鸯谱"。

但吴仁宝当时想的是："将来大队里要办工厂，朱兴度是块好料，他热爱集体、好学上进，可以学到'淬火'技术，这需要一个头脑灵活的人才能搞懂。"

后来，在大队偷偷办起五金厂的时候，朱兴度的技术派上了大用场。不仅如此，朱兴度还自己摸索出了操作仪表、车床、钻床、铣床、锉丝床等的技术。

此次上海之行后，朱兴度向吴仁宝汇报了他在上海的情况，还特别推荐钢板网这个项目的优势。

吴仁宝听了汇报后很是高兴，他也有了办钢板网厂的想法，但他又犯愁地说："谁来具体负责兴办呢？"

朱兴度立刻说："我来办，我保证能办成！"

朱兴度为了表明自己有成功的把握，向吴仁宝详细谈了自己早在上海就酝酿好的办厂计划。

在后来，吴仁宝决定，就由朱兴度当钢板网厂的厂长！就这样，朱兴度就成为华西钢板网厂的厂长。

成为厂长后，朱兴度不分黑白地工作，终于在不到100天的时间，比原计划提前一个月，把钢板网厂办起来了。

1979年4月2日，华西钢板网厂正式投产了！

在投产仪式现场，朱兴度稳稳地按动电源开关，将一张阔幅薄型钢板塞进轧机，随着一阵"咔嗒！咔嗒"悦耳的声响，转眼间一张钢板网就呈现在大家眼前。

现场的人群都欢呼起来。

朱兴度兴办钢板网厂投资5万元，全厂20名职工奋战8个月，到年底却向大队交了21万元利润，人均达到1万多元。这在当时乡镇工业初创阶段，是极为少见的。

与江苏华西村一样，当时，全国很多地方的社队企业都获得了较快的发展。

在湖北洪湖县，这里依江傍湖，自然资源丰富，具有发展社队企业的良好条件。

洪湖县发展社队企业，坚持就地取材，大搞综合利用，兴办一些以农副土特产品为主要原料的加工业，逐步向农工商一体化发展。

永丰公社位于湖畔，盛产红莲、鲜鱼、禽蛋和黄豆等土特产品。

公社鸭场在发展种、养业的同时，办起了加工厂。他们利用这些本地资源，生产莲子罐头、鱼罐头、皮蛋、盐蛋和酱油等产品，满足当地群众需要。

同时，这些加工厂的产品有的还远销省内外，年产值达到17万多元，一年可增加企业利润3.7万元。

洪湖县的一些社队企业，还发挥本地资源优势，根据国际市场需要，开辟生产门路，积极发展出口产品。

付湾大队是洪湖野鸭的集中产地之一，年产鸭毛5000公斤。

面对巨大的资源优势，付湾大队就办起羽绒加工厂，生产羽绒制品的原料，比出售原毛的价值增加一倍。

新滩公社利用上千亩江滩河洲上生长的野生漂草，办起了草编厂。

草编厂投产后，他们加工的草地席和门帘席，色泽素雅、经济实用，非常受顾客欢迎，还远销到日本、欧美和东南亚等国家。

当时，柳制品在国际市场上适销。于是，石码头、戴市和燕窝等五个公社先后办起柳编厂，采用传统编织技艺，把河滩堤坡上比比皆是的柳条，编制成构型新颖、精巧玲珑的方丝盘、圆提篮和面包盒等 20 多种柳制品。

这些公社社队企业里出产的柳制品，非常畅销，还行销国际市场，出口年产值达 63 万元。

在中央的允许下，社队企业的发展是迅速的。1980年的一份《人民日报》这样报道：

> 近几年，各地的社队企业发展很快。到去年年底，全国社队企业已发展到 150 多万个，平均每个公社有 30 多个。社队企业有机械、化工、针织、交通、建材和各种种植、养殖等 30 多个行业，从事社队企业的职工达 2000 多万人。产品有 7000 多种，其中不少还被评为全国的优质产品，畅销国内外市场，在发展国民经济中起着越来越重要的作用。

召开社队企业产品展销会

1980 年 10 月 1 日，对于成都来说，这是一个比较特别的日子。这一天，全国社队企业产品展销会在成都开幕了。

这次展销会是由农业部人民公社社队企业管理总局和各省、自治区、直辖市社队企业局联合举办的。

随着农村经济政策的落实，两年来，我国社队企业有了很大的发展，许多地区的社队企业坚持为工农业生产服务、为城乡人民生活服务和为外贸出口服务的生产方针，生产了大量质优物美的产品。

因此，此次展销会就是对两年来全国社队企业的生产水平和发展成果的一次大检阅。

这次展销会为期一个月。展销期间，广泛开展了选样订货活动，以销售促生产。

此次在成都举行的全国社队企业产品展销会，展销产品上万件，引起了来自全国各地几十万观众和客商的浓厚兴趣。

在展销会现场，人们深刻感受到，只要各地充分发挥自己的优势和特点，社队企业就能展翅高飞。利用当地资源制作精美产品，是社队企业的一大特点。

在湖南展销馆里，人们看到不少水竹凉席。这些凉席规格不一，花纹、图案多种多样。一张 2 米长、1 米到 1.5 米宽的宽席，可以收折成一个小卷筒装在手提包内，经过反复折叠，不仅不断，连折痕也没有。

这种在当时还非常时尚的凉席，一下子赢得了广大客商的青睐。

和凉席一样，这次还有很多社队企业的产品引起了人们的兴趣。

此次湖南的社队企业在展销会上取得了成功。在展销的头半个月内，湖南省成交额就达 2700 多万元，其中，竹、藤产品占了相当大的比重。

人们在展销会上还发现，社队企业充分发挥传统手工业和手工艺品生产的优势，发展劳动密集型产品，也是别的企业代替不了的。

当走进浙江馆时，在令人眼花缭乱的丝绸锦缎展品和鲜艳多彩的男女服装中间，人们还看到了一幅幅绣丝竹帘。

竹帘上，绣有松鹤图、熊猫图、福寿图、双虎图，还有表现"七仙女下凡""共读西厢"等故事的绣帘。能工巧匠们利用竹丝和蚕丝的自然光泽，绣出人物景色，立体感强，栩栩如生。

这些产品是浙江乐清县社队企业的杰作，他们的产品在此次展销会上也取得了较高的销量。

在新疆馆内，维吾尔族姑娘穿戴的光彩夺目的服装和头饰，哈萨克族青年男女结婚用的绣毡，都是社队企业工人一针一线缝织成的，这些产品都受到了人们的赞赏。

在展销会上，人们还看到不少社队企业生产的高精尖产品，并交口赞扬它们是"草窝里飞出了金凤凰"。

在黑龙江省展销馆，展出的尚志县尚志镇电子仪器厂生产的数字石英钟，平均每年误差仅 0.71 秒。它的自动比对、逻辑判断、自动倒换备件等技术指标，都达到了较高水平。

这种高精尖的石英钟一出现，就受到广播电台、天文台和铁路运输部门等用户的好评。

安徽省砀山县的一些社队企业，设法与上海皮毛收购部门挂钩，由上海皮毛收购部门出技术、设备和资金，社队提供狗皮和兔皮，成立了砀山毛皮公司。

从此，狗皮、兔皮的销路打开了，加工狗皮、兔皮的社队企业很快兴旺起来。

此次在展销会上展销的"虎皮"褥子，就是这个县的毛皮公司生产的。这种"虎皮"褥子，条纹清晰，黑白分明，人们看到这种用狗皮和兔皮制作的产品，都争着问价，有的客商更是抢先表示，不管价格多少，愿意全部包销。

在展销会的成交馆和业务洽谈棚中，来自各省购销系统的行家里手，成天忙着看样、议价，签订期货合同，仅半个月，期货成交额就达 1.3 亿多元。

其中，竹木藤器、手工业品、土产畜产品、家用电器和各类纺织品都是热门货。

在此次展销会上，有一些社队企业的产品因非常畅销，竟然有 50 多种产品的期货合同都销售一空。

各地来成都开展业务活动的同行，仔细调查研究了市场的需求变化，交流了经验，不少单位还商谈了联合办企业的行动方案。

10 月 31 日，全国首次社队企业产品展销会，在成都胜利闭幕了。

会上琳琅满目的上万件展品和活跃的成交，显示了全国社队企业千帆竞发的欣欣向荣景象。

据不完全统计，在展销的一个月内，社队企业之间和社队企业同其他工商企业之间，共签订了 5 亿多元的成交合同，其中社队企业之间经销、代销等合同的成交额占 70% 以上。

国务院支持社队企业发展

1979 年至 1980 年，全国社队企业发展是非常明显的，然而，这并不是说社队企业发展是一帆风顺的。在当时的情况下，社队企业的发展一直是受到各种阻力的。

1979 年，浙江奉化县江口公社一家社办工厂，根据第二机械工业部第二研究院的设计，试制成功了结构简单、操作方便，能用于科技情报交流，出版部门重要新闻、图片的及时翻印等多种用途的静电复印制版机。

经用户单位试用，效果很好。

当时，北京周报社写信评价说：

我们用它复制中外稿件、图纸、画片等达 2 万份，图像层次丰富，复印质量清晰。

北京科技情报所一位负责人说，这一产品适合中国需用。

按规定，新产品需要经过鉴定才能投入生产。江口公社党委为了争取早日鉴定从而得到国家布点生产，便派人向浙江省机械局请示。

然而，虽然这个产品曾得到这个局一位处长的支持，但是，这位处长却受到局领导的批评，说他"大事不抓抓小事"。

以后，上面又指示，"社办厂不行，一定要县办大集体才行"，"账号要大集体账号"，等等。

根据这个"指示"，这个厂为了通过鉴定，只好赶快将厂名改成"奉化县仪器厂"，并以"县工交办"名义行了一个文，假称"我县属仪器厂请求开鉴定会"。

账号怎么办呢？社队企业是"1"字起头，大集体是"4"字起头，没办法，该厂只好借用了县地方产品供销经理部的账号，才解决了账号问题。

然而，事情并没有到此结束。出席在杭州召开的鉴定会的册子上，不让有"社队企业"的字样。

于是，宁波地区社队企业局的同志，就冒用了"宁波地区手工业局"的名称，奉化县的同志冒用了"地方产品经理部"的名义，公社仪器厂的人换上了"浙江省奉化仪器厂"的招牌。

不仅名字不入流，就连人也不入流。在当时，江口公社党委书记去了，却不能参加会议，叫他搞后勤。

像浙江这样对社队企业抱有偏见的并非个例，当时在全国还有很多。在《人民日报》刊登的一篇"读者来信"，清楚地表明了当时社队企业面临的困境。

疏通社队企业的产供销运渠道

万源县官渡区目前积压八千吨煤炭，如果最近运不出去，雨季一到，就会造成大损失。

官渡区在襄渝线上，八千吨煤就在铁路两侧，近的几里，最远的才二十六公里，为什么堆积成山，运不出去？是没有人要，还是煤的质量差？据区委负责同志王明维讲："煤的质量是好的，本县不少工业部门乐于使用；外地都愿订货，我们不敢签订合同……"

煤质量好，又有人愿意要，那么，为什么又积压呢？王明维同志说："第一，没汽车；第二，不给你火车皮。你能运吗？"因为这八千吨煤是社队企业产品。社队企业自产不能自销。你把产品数量报到上级去，上级叫你什么时候销就什么时候销，叫你销到哪里就销到哪里。你要自己销售，运输难题没法解决。社队企业领导部门说："我们解决不了。"交通部门说："你们的产品运输不在我们的计划任务内。"煤炭公司说："我不管往哪儿运，只管向地区报个数字。"地区有关部门说："产品要就地销售，不能出省。"

就这样，在铁路边上的八千吨煤，只好坐等雨水冲刷了。冲多少，剩多少，有关部门谁也不关心，谁也不难过，只有成千成百整日在地下苦战寒窑的社员和关心群众物质利益的干部忧心如焚。不是"心忧炭贱愿天寒"，忧的是：何日何时何人才能把社队企业的"产、供、销、运"问题解决好，让农民得到更多的物质利益！

四川万源县委王永清

附记：

我们收到王永清同志的来信后，走访了农业部公社企业局。据了解：来信中所反映的问题是当前社队企业生产中普遍存在的一个问题。不仅煤炭大量积压，铁矿石大量积压，其他金属矿石和非金属矿石也大量积压，甚至水泥和砖瓦、灰、沙石等三类建筑材料，以及土纸、竹木制品等等，也都有积压。

为什么会积压呢？是社会不需要吗？不是。贵州、四川社队生产的煤炭，堆积如山，卖不出去，而邻近的湖南、广西好些工厂却燃料短缺，开工不足。

河北省社队生产的铁矿石成百万吨积压在矿区，而这个省有的钢铁厂却原料不足，经常"吃不饱"。

湖南省醴陵县社队生产的瓷器塞满了仓库，而邻近各省的群众又买不到醴陵瓷碗瓷杯。江西省社队企业为生产的竹器销不出去发愁，而南京、上海等大城市的职工又为在夏天买不到凉椅、凉床苦恼。

安徽省社队企业因生产的木器用具积压太

多被迫停产，而邻近的山东、河南有些地方连洗衣板、小板凳也买不到。

苏南和广东省佛山地区生产的各类机床"过剩"，而西北、西南地区有的公社农机修造站，却连一台皮带车床也没有，修理农具还得靠红炉加风箱。

为什么会产生这种奇怪现象？一是各部门规定了许多禁令，不准社队企业产品出省出境，不准远购远销，断绝了互通有无的渠道。二是有些物资，归口部门不需要，又不准企业自产自销。三是由于社队企业是集体所有的，有关部门不给汽车，不给安排火车皮。四是计划外生产，国家有关部门不管。结果，便把社队企业堵死在一个小角落里。

这种对社队企业的偏见和各种阻碍，无疑阻碍了社队企业的发展。

1981 年 2 月，为了贯彻执行狠抓调整、稳定经济的方针，适当平衡各种经济成分之间的税收负担，体现税收的鼓励与限制作用，国务院发出了《关于调整农村社队企业工商税收负担的若干规定》。

"规定"共分六个部分：

一、为了扶植社队企业生产的正常发展，

下列情况经省、市、自治区人民政府批准，可以继续减税、免税。

…………

三、为了节约粮食，提高酒的质量，农村社队经县人民政府批准定点，用提留的饲料粮酿酒，并交由商业部门收购的，恢复按40%的税率征收工商税。

个别纳税有困难，省、市、自治区人民政府认为需要照顾的，可以给予按应纳税额减征一成或二成的照顾。不符合上述规定条件酿制和出售的酒，仍按粮食酒的税率60%征收工商税。

该项规定虽然对社队企业的发展并没有太多的优惠扶持政策，但它传递出的信息，无疑对社队企业的发展是有利的。

5月4日，国务院作出了《关于社队企业贯彻国民经济调整方针的若干规定》。

"规定"充分肯定了社队企业是农村经济的重要组成部分，符合农村经济综合发展的方向。

"规定"针对当时社队企业在发展中存在着盲目性，对产生经济效益和充分利用资源注意不够，在利润使用上生产队和社员直接得到的经济利益偏少，以及不少企业财务管理混乱的问题，明确指出：

社队企业必须贯彻中央关于国民经济实行进一步调整的方针，从宏观经济的要求出发，根据社队企业的特点和存在的问题，进行认真的调整和整顿。既要坚决服从全局进行调整，又要尊重社队的自主权，必须采取慎重步骤，做好调查研究，分别情况，发挥它的积极作用，限制消极因素，发展短线，压缩长线，使其健康地发展。调整中要发挥财政、信贷、税收、物价的监督和调节作用。

国务院一系列文件的出台，为社队企业的发展提供了更为广阔的空间。

社队企业显示出巨大生命力

1982 年，在中央的支持和鼓励下，全国社队企业获得长足发展。就在当年，全国有 168 个县社队企业总收入达到 1 亿元以上，比 1981 年增加 36 个。

社队企业收入超过 1 亿元以上的县以江苏省为最多，占 38 个。这个省的无锡县，1982 年的社队企业总收入更是高达 9.5974 亿元。

随着社队企业的飞速发展，社队企业的作用越来越显现出来，这个作用首先表现在促进农村发展上。

1979 年，浙江省的社队企业在"调整、改革、整顿、提高"中又获得迅速发展。

浙江历来被称为"丝绸之府"。在当时，全省社办丝厂共有 74 家，年产生丝 1365 吨，占全省生丝产量的 20%；社办绸厂 235 家，年织绸 1029 万米，被面 82 万条，畅销中外。

同时，浙江还围绕农业发展社队企业。全省绝大多数人民公社办起了农机修造工业，年产农业机械 1.4 万多台。

社队企业的发展又为农业提供了大量资金。1979 年，社队企业收入用于农业基本建设、购置农业机械、支援穷队和改善集体福利事业的资金达 1.2 亿多元。

就这样，社队企业带来的巨额资金大大促进了浙江农业的发展。

社队企业不仅促进了农业的发展，它还直接刺激了农村广大农民的增收。

1980 年，中共苏州地委决定，从当年的社队企业利润中拿出 15% 至 20%，投入生产队分配，使农民从社队企业得到更多好处。

苏州地区是江苏省兴办社队工业比较早、发展比较快的一个地区，1979 年全区公社、大队两级的工业收入占人民公社三级经济总收入的 53%。

因此，出台政策后，苏州地委就把拿出一部分利润直接投入生产队分配，作为一项重要政策明确地向全区社队企业提出来，使社队企业的发展能给农民以更多、更直接的好处。

政策实行后，很多社员都增加了收入，他们真正感受到了社队企业给他们带来的巨大变化。

陕西省长安县在社队企业盈利不断增长的情况下，注意正确处理积累和分配的关系，仅 1980 年一年就向生产队共返还利润 671.3 万元，并把这 600 多万元纳入了当年社员分配。

社队企业实行分利于民，很受农民欢迎。它从经济上体现了社队企业为全公社、全大队社员集体所有，促使生产队和社员关心和支持社队企业。

社队企业不仅使广大农村和农民受了益，作为一种经济实体，社队企业还提高了我国工业的技术水平。

1982 年初，江西省萍乡市荷尧公社陶瓷机械厂，有 5 位员工分别被萍乡市、湘东区政府批准晋升为工程师、助理工程师和技师。

该厂技术组长邹文奎，原来是个车工，1960 年曾肄业于省公路工程学校，由于刻苦好学，被吸收参加科研小组。

1976 年，厂里委托邹文奎主要负责研制液压通用陶瓷滚压成型机。

为了帮助社队企业解决这个技术难题，邹文奎苦心攻读有关科技书籍，并和科研组的同志一道四处求师问艺，终于将 1800 多个零部件、260 多张设计图纸攻了下来。

1979 年元月，邹文奎的这个科研项目通过技术鉴定，获得了 1980 年度江西省的科研奖。

1981 年，邹文奎又与科研组的同志一起成功地研制出第一台陶瓷抛光机，为发展高档瓷生产提供了一项先进设备。

随着社队企业的蓬勃发展，一支土生土长的技术人员队伍逐步形成。

荷尧公社陶瓷机械厂的几位技术人员，在条件较差的情况下，刻苦钻研，努力攻关，取得了科研和技术革新的成就，分别晋升为工程师、助理工程师和技师。

这件事充分说明，社队企业同样可以出技术成果，出技术人才。这不仅有利于农村经济的建设，也有利于整个社会生产水平的提高。

党的十一届三中全会以后，我国农村社队企业在经济和技术上，成为实现农业现代化的重要支柱，也是繁荣农村经济、改善农民生活的不可缺少的集体经济的重要组成部分。

1981年，我国社队企业总收入从1978年的431.4亿元，增加到670.36亿元，三年增长了55.4%。1981年它的工业产值已经占全国工业总产值的10.8%。

与此同时，社队企业在出口创汇、推动农村富余劳动力就业、促进农村发展等方面表现出巨大作用，也鼓舞着人们继续发展壮大社队企业的极大热情。

二、 全面发展

● 著名社会学家、全国政协副主席费孝通曾多次撰文并发表谈话指出，乡村工业这种"草根工业""存在于八亿农民之中，是中国农民一个了不起的创举"。

● 吴仁宝郑重地说："我是当家人，当然我来负责！"

● 邓小平在会见南斯拉夫客人时说："我们完全没有预料到的最大收获就是乡镇企业发展了，异军突起。"

中央支持大力发展乡镇企业

1983 年，在整个神州大地上，以实行家庭联产承包责任制为主要内容的农村经济改革已基本完成。

土地的承包调动了亿万农民的生产积极性，大大提高了农业劳动生产率，农业生产连年丰收，农民收入大幅度增加。

伴随着农业的发展，可供加工的农副产品也开始增多。在这种情况下，各地农民迫切要求发展多种经营和各种非农产业。

一方面，随着承包责任制的不断发展和完善，农村出现了大批富余劳动力，农村就业的压力日益突出，广大农民要求脱贫致富的愿望比任何时候都要强烈。

同时，也就是在这一年，国家开始实施撤销农村人民公社，建立乡镇人民政府，并相应撤销生产大队，建立村民委员会。

随着各地撤公社和乡（镇）政府的建立，各地原有的社队企业归于全乡（镇）或全村所有。

在城乡经济环境日益宽松的情况下，一些地区还逐渐出现了农民个人筹资或联合集资办企业的热潮。到 1983 年，已有农民合资经营的企业 50 多万个，其中大部分为小型工业企业。

面对这种新情况，国家决定采取相应政策措施，因势利导，以促进乡镇企业的发展。

1983 年 12 月，在中共中央召开的全国农村工作会议上，国务院副总理万里在讲话中，赞扬了江苏省总结的关于发展农村经济的三句话：

无农不稳、无工不富、无商不活。

同时，在此次会议上制定的《中共中央关于一九八四年农村工作的通知》又指出：

不改变"八亿农民搞饭吃"的局面，农民富裕不起来，国家富强不起来，四个现代化也就无从实现。

通过这个"通知"及万里等人的发言，此次会议为后来乡镇企业的迅猛发展，铺上了一块坚实的奠基石。

1984 年 3 月 1 日，为贯彻落实中央农村工作会议有关精神，中共中央、国务院的 4 号文件转发了农牧渔业部《关于开创社队企业新局面的报告》。

中共中央、国务院在批转"报告"的通知中，明确指出：

发展多种经营，是我国实现农业现代化必

须坚持的战略方针。

．．．．．．．．．．．

　　乡镇企业是多种经营的重要组成部分，是农业生产的重要支柱，是广大农民群众走向共同富裕的重要途径，是国家财政收入新的重要来源。

通知还要求各级党委和政府，对乡镇企业要在发展方向上给予积极引导，按照国家有关政策进行，使其健康发展。对乡镇企业要和国有企业一样，一视同仁，给予必要的扶持。

同时，在这份文件中，中央决定将社队企业更名为乡镇企业。从此，社队企业正式更名为乡镇企业。

同年，国家进行了全面经济体制改革，中共中央和国务院有关部门颁发了一系列放宽搞活的政策。这一系列政策包括流通政策，农副产品产销政策，对外经济技术交流政策的放开以及税收、信贷政策的扶持，鼓励城乡之间进行经济交往、人才流动、技术转让等政策的实施。

这一系列政策的颁布与实施，无疑对乡镇企业的全面发展起到了积极推动的作用。

1985 年 9 月，《中共中央关于制定国民经济和社会发展第七个五年计划的建议》指出：

发展乡镇企业是振兴我国农村经济的必由之路。

"建议"提出了指导乡镇企业发展的十六字方针：

积极扶持，合理规划，正确引导，加强管理。

在这一时期，社会各界知名人士也非常关心与支持乡镇企业的发展。

著名社会学家、全国政协副主席费孝通曾多次撰文并发表谈话指出，乡村工业这种"草根工业""存在于八亿农民之中，是中国农民一个了不起的创举"。

就这样，在全国上下对乡镇企业的支持下，乡镇企业终于迎来了它的全面发展时期。

乡镇企业转产谋发展

1984 年以后，在中央政策的鼓励下，各地乡镇企业开始了突飞猛进的发展。

随着乡镇企业的发展，很多属于乡镇企业的优势行业，由于企业的增多，市场开始饱和，这就造成了很多乡镇企业产品滞销，经营困难。

面对乡镇企业市场空间越来越小的局面，各地乡镇企业都在想办法，通过转产、开拓市场等方式，为乡镇企业的继续发展开辟更为广阔的道路。

1985 年春天，江苏华西村经历了粗毛纺厂紧急下马的挫折，但吴仁宝并没有因此就不敢再做了，而是胃口更大了，他有了新的选择。

吴仁宝、朱兴度等人通过粗毛纺厂事件真正体会到，办乡镇企业不能一相情愿，不仅办厂难，而且当家也难。

在当时，大家都在搞发展，谁想搞就必须参与竞争，而这种竞争，绝不能仅凭一腔热情、一股拼命干的劲头就能取胜，还需要有科学的头脑，具备商品经济的知识水平和灵敏反应的能力。

粗毛纺厂下马后不几天，吴仁宝就带着朱兴度等一些办厂的骨干人员，再次来到大上海。

在上海，他们拜访了许多企业家，结交了许多新朋友，也认识了一些大老板。

在上海时，一位上海金属材料公司经理的话启发了他们。这位经理在商场打拼多年，有着丰富的创业经验，而且是一位分析有色金属市场的权威，他建议吴仁宝兴办一家轧铝板厂。

这位经理说："这种产品我看可以上，你们不妨再摸摸同类厂的情况。投资可能会大一些，但是我保证5年内产品畅销不衰，一年半之内保证能收回全部成本。"

最后，这位经理说："当然，这只是我个人的建议。"

吴仁宝、朱兴度前几年辗转全国各地，也认识许多圈里的人，能从这位经理这样的行家口中一连说出两个"保证"，那应该是相当可信的。

但鉴于办粗毛纺厂的教训，吴仁宝、朱兴度在感谢那位经理的真诚指教后，又立即奔向邻县一家生产同类产品的厂子，进行实地考察。

考察结果显示，一是产品销路有保证，厂子上马后产品是供不应求的；二是产品利润率高，企业经济效益有保证。

如此一来，吴仁宝等人的胆气一下子壮了，他们认为应该决心去干。

一回村，吴仁宝就召开了村党支部扩大会议，研究确定立刻上轧铝板厂这个项目。

由于吴仁宝、朱兴度的考察是有权威理论为基础的，而且又有同类厂家的实例，所以大家认为办轧铝板厂是可行的。

但在当时，也有慎重的人提出："投资 300 万元，到哪里弄到这笔巨款？"

吴仁宝马上回答说："借鸡下蛋，只有贷款，不过，只有蛋畅销了才敢借鸡，而且这只鸡一定要是优种鸡，最好还能孵出小鸡。"

朱兴度也表示了相同的看法："不投入就不能发展，借钱办厂、赚钱还债，对于农村发展商品经济是一条路子，关键是要用好这笔钱，上准产品，创出效益，那样才能化债为利，皆大欢喜。"

虽然前景是诱人的，但消息传出后，村民们却为贷款的事议论纷纷。

面对这些议论，吴仁宝风趣地说："将来有两种可能，要么是我引咎辞职，要么就是我和支部委员们商量如何给大伙发奖金。我对后一种可能充满信心。"

有人问吴仁宝："万一赔了，谁来负责呢？"

吴仁宝郑重地说："我是当家人，当然我来负责！"

为此，吴仁宝还在村民大会上表明了态度："这个厂能不能办好，事关华西全局，我们全体干部和党员一定竭尽全力，尽职尽责，绝不瞎搞，一定不让集体受到损失。"

1985 年 6 月，华西轧铝板厂正式上马了。

在开工现场，吴仁宝代表村党支部，向朱兴度下了军令状：年内竣工，明年初投产。

保证如期投产，关键是设备的安装。这套设备是向上海冶矿机器总厂订购的，如果正常情况下，需要一年半后才能提货。

朱兴度了解到这种情况后，他一下着急了，急忙向吴仁宝说明情况。

吴仁宝听后也吃了一惊："那么长时间，这远水可解不了近渴啊！"

于是，吴仁宝马上向供货厂家发出请求，但对方回答说："无论如何得半年，再早就不太现实了。"

吴仁宝再三和对方说明紧急情况，但对方却一点也不松口。吴仁宝对朱兴度说："看来没有商量的余地了，我们就在半年的基础上去攻关吧，想办法让他们缩短时间。"

朱兴度说："但派谁去呢？"

吴仁宝想了想说："就派赵志秋去。"

当年赵志秋30多岁，在村里开过拖拉机，学过油漆活，干过宣传队，精明强干，能说会道，是个天生的"外交"人才。

吴仁宝把赵志秋喊到办公室，说明情况后，赵志秋爽快地说："没问题，我叫他们提前就是了。"

吴仁宝严肃地说："志秋，这可不是随便说说的，你催不回设备，工厂就没办法生产，误了大事，我可要处分你啊。"

赵志秋马上回道："那完成了有奖励吗？"

吴仁宝立即表态："重重有奖！"

赵志秋接受了命令之后，就马上收拾行李，装了一大包衣服，他爱人就问："你去上海用不了两三天就回来了，带这么多衣服干什么？"

赵志秋笑着说："这次我要驻在他们厂里催设备，不弄回设备就不回来。"

爱人敲了一下赵志秋的脑门说："你咋就这么笨，就不能动脑筋让人家提前给咱们村搞好设备吗？"

赵志秋一到上海这家提供设备的厂子，就真诚地向管生产计划的副厂长陈述了华西村的困难，请他为"农民兄弟"积极伸出援助之手。

那位副厂长在赵志秋的再三请求之下，也深为感动，终于答应尽快安排生产这套设备。

上面虽然安排了，但具体操作的是车间的工人。赵志秋认为还需要多做做工人师傅们的工作。

于是，赵志秋深入车间，与车间主任和工人们交上了朋友。他甚至像这个车间的工人们一样，每天按时上班，只要能搭上手的活，他都抢着干，还手脚勤快地把车间的杂务也都干了。

车间的干部和工人看到这位青年农民如此真诚朴实，也都情愿为华西办厂加班加点生产设备，还给赵志秋送了个绰号：第二车间副主任。

有一天，朱兴度给赵志秋打来电报，说厂建工程进展很快，让赵志秋赶快把设备弄到华西来。

可是当时，这套设备有些部件还在翻砂坯里，赵志秋这下急得都哭了。

上海的工人们出于心疼"第二车间副主任"，于是就全力以赴分秒必争地为华西赶制设备。结果只用了不到两个月的时间，就把这套设备赶制出来了。

终于，这套设备提前运到了华西，吴仁宝、朱兴度高兴得连声称赞赵志秋立下了"汗马功劳"。

被请来安装机器的上海师傅听到这里不由得笑了："我看小赵立的是'泪马功劳'，有道是男儿有泪不轻弹，他却把男儿的泪弹到了我们工厂的车床旁，硬是哭出了巨大的感召力，大家都主动为华西加班赶制设备。"

在当时，全华西村的人都在关注着轧铝板厂的建设，大家一条心思，为了早日轧出铝板，村党支部说什么就干什么，需要什么就贡献什么。

表现尤为突出的，是华西村 12 名外出培训技术的农民。

吴仁宝早在工厂开工建设、派赵志秋去上海催设备的同时，就安排了两批人外出学习技术。

吴仁宝对这些人说："本来要让昨天还是拉铁耙的农民，尽快适应工厂机械化操作的要求，必须经过严格的训练，但从我们华西的实际出发，又不能拖下太长的时间，必须进行'强化培训'。轧铝板这门技术，城里的徒工们要学一年，但你们这些乡下泥腿子却只能学三个月，就必须赶回来搞生产，为什么？因为我们花了几百万，时间上等不起呀!"

就这样,两批人分别到上海铝制品厂和徐州铝厂参加培训,吴仁宝在大家临出发前又叮嘱说:"现在都在搞竞争,我们能联系上这两家工厂为你们搞培训不容易,人家风格高才答应培训我们,这是希望我们华西能飞出金凤凰,你们可千万别变成草鸡了。"

青年吴国庆是去徐州的一批,本来他已经自学日语3年多了,而且拿到了大专单科结业证书。江苏省农林厅答应要送吴国庆去日本进修,已经办好了出国手续。

吴国庆听说村里要办轧铝板厂,他就主动找到吴仁宝说:"老书记,我不出国了。"

吴仁宝不由一愣:"为啥?"

吴国庆说:"现在村里大搞工业,正是需要人的时候,我怎么能走呢。"

吴仁宝就劝他珍惜这个难得的机会,学成归来会有更大的用场。

吴国庆听着听着就急了:"老书记,出国进修也是为了办实事,咱现在就有实事要办,我坚决要留下来为华西作贡献,你就答应我吧!"

有人说吴国庆是中了邪,放着出国不去当学徒是"傻瓜",吴仁宝严肃地批评了这些人,并号召大家向吴国庆学习。

何建南和赵建兴都毕业于苏州花卉专业学校,本来可以在花木行业中度过美好的青春,但他们把华西的事业看得高于一切，毅然放弃了专业，在外出接受培训的表决心大会上，他们说出了自己的心声："在火与热交织的轧制车间，同样充满着醉人的芳香。"

徐州的 8 月，天气异乎寻常地热，8 个被派往徐州铝厂的青年，晚上一起挤住在一间租借的小矮屋里。他们为了尽量节省开销，就自己做饭，常常是煮方便面吃。

吴仁宝对大家提出规定：上班要提前到厂，晚上回来还要加班 4 小时学习理论知识，这样，学习理论不会占用学习操作的时间。

3 个月很快就过去了，所有参加培训的华西农民个个都圆满地完成了任务，这让上海和徐州两个厂的领导也惊叹不已。他们对前去答谢的村领导说："你们华西有这样一批能吃苦耐劳、好学上进的青年，不愁轧不出合格的铝板来。"

铝板终于真的轧出来了！

这些小伙子都欣喜若狂，他们举着一块铝板，要去党支部向老书记报喜。

还没等他们去，吴仁宝、吴协东、葛玉岐、赵毛妹、瞿满清等人听到喜讯匆匆赶来了。

华西轧铝板厂投入生产以后，吴仁宝要求必须首先狠抓产品质量。大家经过反复测试，生产的铝板不仅达到了合格标准，甚至比行业内其他企业的产品质量还要高。

但是，因为华西村的轧铝板厂是新办厂，没有知名度，铝板销路很难打开，产品几乎无人问津。

于是，吴仁宝又率领大家打响了"占领市场"的攻坚战。为了尽快把产品打出去，吴仁宝带领一帮人四处推销、宣传。

吴仁宝、朱兴度为了尽快把产品打出去，他们确定了三条信誉保证：保证交货时间；质量不满意保证退货；保证价格低于同类产品2%到3%。

这三条保证一宣布出去，市场很快就有了满意的反馈，华西的铝板也迅速在上海、苏州、常州、南京、靖江、无锡等地打开了销路。

南京炼油厂是个"吃"铝板的大户，这个厂过去使用进口的日本铝板，后来改用国产的，他们早同两家轧铝板厂建立了业务关系，华西村的铝板也想打进去。

吴协东带着样品走进了南京炼油厂，说："我们带着样品从华西来贵厂是诚心做生意的。我们这个产品虽然生产时间不长，但质量完全没有问题，你们可以当场比较试验。"

"行，是骡子是马拉出来遛遛！"对方厂长发话了。

原来两家轧铝板厂十分不服气，要求"挑战"一下质量。

比较试验在严格的程序下进行，3家企业的产品同时进行测试。几名权威专家很快提供了试验的结论：华西的铝板取胜，他们的产品甚至已达到了日本进口产品的质量标准。

质量好价格又划算，客户当然心动。南京炼油厂领导当场拍板，与华西轧铝板厂签订了 400 吨供货合同。

这次面对面的碰撞，让华西村的铝板在市场上闯出了名声，从此走向了广阔的市场。

在乡镇企业开始全面发展之时，面对竞争日益激烈的市场，有些乡镇企业因不能适应市场的变化而逐渐走向了倒闭，也有一些企业通过提高科技含量，走品牌化经营，稳住了市场。

当然，在这新一轮的考验中，更有像华西村那样，通过及时转产取得更大发展的，这也是乡镇企业"船小好掉头"优势的一个生动表现。

各类人才开始涌向乡镇企业

1984 年以后，北京市乡镇企业发展迅速，到 1987 年，北京市的乡镇企业已经达到 1.7 万多个。

在乡镇企业飞速发展的同时，乡镇企业的科技人员奇缺，远远不能适应农村商品经济发展的需要。

然而，北京市有 45 万左右的科技人员，这一拥有量居全国各市之首的科技队伍，集中在城区的科研单位、高等院校。

为此，北京市委、市政府决定，动员 1 万名科技人员到郊区县去，可在农村企业中搞承包或兼职。

决策作出后，北京市各有关部门立即动员，把它作为全市科技工作的重点来抓，要求科研单位、高等院校和城区厂矿领导支持科技人员下农村。

同时，北京市委、市政府还要求郊区县及乡镇企业制定适当的政策，以吸引城区科技人员，对科技人员下乡后的生活给予必要的照顾。

就这样，在北京市政府的推动下，北京市有近万名各类科技人员来到郊区的乡镇企业。

在河南，1985 年，河南省技术经济研究所工程师潘奇勋，停薪留职到长葛县一个乡镇企业。

原来，在当时国内普遍使用的水磨石机，大都是传统的碳化硅三角磨块，效率低、成本高、操作笨重。

曾研究了 20 年人造金刚石应用技术的潘奇勋工程师，1985 年初不顾亲朋好友的劝阻，离开妻儿老小，走出科研大院，只身来到长葛县乡镇企业局塑料制品厂，担任了名誉厂长兼主任工程师。

潘奇勋到厂后，利用乡镇企业"船小好掉头"的特点，实施科研生产一体化，组织转产人造金刚石水磨石机。

经过半年多的反复试制，潘奇勋等人终于成功地用低品级的人造金刚石磨片，取代了碳化硅三角磨块。

同时，潘奇勋相继研制出三种系列的人造金刚石水磨石机，并在 1987 年 4 月至 7 月连获三奖：省优质产品奖、省新产品开发二等奖、国家发明三等奖。其中两项获得国家专利。

这种新型磨具，每小时能磨 12～15 平方米，比旧磨具提高效率 3～4 倍，每平方米的磨具费用也由 1 元降低到 0.1 元，比一些进口磨具功能还好。

1987 年，这种新磨具畅销 28 个省、自治区、直辖市，并经中国建筑机械总公司组织经销，进入了国际市场。

在上海，科技人员下乡则出现了另一种形式。

每逢星期日，在上海市郊经常可见一些科技人员乘汽车或蹬自行车往返于城乡之间。

原来，这些人利用业余时间，帮助乡镇企业开发新产品，解决技术难题，培训业务骨干。

对此，很多熟悉这一现象的人都风趣地称这些科技人员为"星期日工程师"。

当然，对于乡镇企业来说，这些"星期日工程师"却是"财神"。

当时，上海南汇县坦直乡新建了一座中型钢材加工厂，筹建时厂里只有一名技术员。

为了解决技术难题，该厂就从市区请来30多位土建、机械、电气等方面的科技人员。

这些专家利用星期日和业余时间前往工作，只花一年多就使工厂初具规模，并为厂里节省了近200万元的投资。

生产电风扇的宝山县彭浦家用电器厂，由于产品滞销，濒临倒闭。

1985年初夏，上海同济大学机械系副教授郑万烈，来到这家工厂，建议该厂转产工业部门急需的半导体制冷设备。

听了郑万烈的建议后，该厂厂长李士华眼前一亮，感觉主意可以。

考虑到生产半导体制冷设备所遇到的技术难题，李士华当即请郑万烈担任技术顾问。

于是，郑万烈平时上课、带研究生，每到星期日就赶到厂里指导生产。

1986年，在郑万烈等人的帮助下，新产品开发出来了，当年就获得产值 10 万多元。

在当时的上海，不少著名教授、学者也是"星期日工程师"队伍中的一员。他们有的担负着繁重的科研、教学任务，却仍然挤时间下乡。

复旦大学、同济大学和上海交通大学等单位的 70 多位教授、研究员和高级工程师，应宝山县罗店乡之聘，组成了乡经济开发顾问委员会，由著名生物学家谈家桢教授担任名誉会长。

顾问委员会成立后，他们不负众望，为乡镇企业和农业生产献计献策，全乡工农业产值连年大幅度上升，最早成为上海郊区有名的富裕乡。

随着上海"星期日工程师"的人数越来越多，他们开始走出上海。附近江苏、浙江等地的一些乡镇企业，也留下了他们的足迹。

在科技人员下乡大军中，军工领域的科技人员也是一股不可忽视的力量。

王瑞娟是航天部三十一所的工程师。1987 年 5 月，她和一名同事被派到江苏吴县镇湖乡第三钢窗厂支援生产。

在 4 个月的时间里，王瑞娟一边照料住院的母亲，一边绘图整理资料。当时，在如此短的时间内，两位工程师一共测绘出 18 套 200 多种图纸、近 10 万字数据资料。

她们的工作使得被限令停产的第三钢窗厂恢复了生

产，并在城建部门的验收中一次合格，还拿到了生产许可证。

为此，钢窗厂的厂长称赞王瑞娟等人的这种支援是一场"及时雨"。

王瑞娟的此次支援活动，仅仅是航天部选派技术人员支援"星火计划"和乡镇企业的一个实例。

仅在1987年一年，航天部就派出3740人。这中间科技人员占60%，其余的是技术工人和管理人员。215名研究员和高级工程师包括在这个行列之中。

"走出军工小天地，投入四化建设主战场"是当时航天工业部在改革中提出的新口号。

1987年初，航天部提出了3年内选派1万人的计划，没想到第一年底就超额完成了任务。

在航天部的支援活动中，航天部选派的支援人员遍及27个省、自治区、直辖市，既有经济发达的地区，也有老少边穷地区，重点在北京、江苏、浙江和云南。

派出的人员都留职留薪，支援期间在调整工资、职务聘任、技师评定、住房分配、子女就业等方面都享受原单位在岗人员的同等权利。这样就使支援人员消除了后顾之忧，并能安心支援国家建设，又能保持一定的技术实力，跟踪世界的先进水平。

选派人员所到之处，帮助乡镇企业搞出了一批短平快的项目，培训了一批技术人才，取得了较大的经济效益和社会效益。

在当时，八〇一所的技术人员，帮助上海金山八一暖通设备厂改造设备，改善工艺，建立规章，使该厂的产品很快拿到了许可证，并销往了东南亚地区。

和科技人员的下乡相比，还有一类人员进入乡镇企业的方式更让人感动，那就是大学生选择去乡镇企业就业，并把乡镇企业作为人生的奋斗舞台。

李伟是一名自愿到乡镇企业的大学生。1985年从北京某高校毕业后，李伟谢绝了学校让他留校继续深造的要求，准备回老家安徽的一家乡镇企业上班。

李伟选择回农村进乡镇企业，在当时他的同学、亲人中间，引起了极大的争议。

他的父亲还亲自跑到北京，来到李伟所在的大学，反复劝说李伟不要回农村。

然而，李伟不为所动，在毕业后，他毅然地来到了他所向往的那家乡镇企业。

像李伟的例子在当时还有很多。

1984年，4位20刚出头的小伙子李瑜、朱绪飞、张瑾、王涛，即将从西安交通大学毕业了。

毕业前夕，他们得知江苏南通江海电容器厂要招聘一批大学毕业生，就向厂领导报了名。

这4名大学生到来后，工厂把他们视为珍宝，为他们创业大开方便之门，专门成立了新产品研究所，任命李瑜为所长，其他3位为副所长。

这4位大学生看到乡镇企业如此看重人才，也非常卖力，他们根据当时世界电子行业的发展趋势，每人确定了一个研究项目。

考虑到当时我国彩电电容器大部分要从国外进口，他们就决定先攻破这一难关。

于是，在厂领导的支持下，他们相互配合，共同探索，不到一年时间就拿出了样品。后来，经国内几家名牌电视机厂家试用，并和日本的同类产品作比较，效果很好。

不久，他们又研制成功了闪光灯电容器，用户试用后，纷纷要求赶快投入批量生产。

接着，他们改进的交流联动腐蚀工艺，经有关专家鉴定，其水平比有的已获得专利的研究成果还要高。

一些电子行业的专家在江海电容器厂检察工作时，对李瑜、朱绪飞、张瑾、王涛 4 名大学毕业生所取得的研究成果，给予了高度的赞扬。

1987 年，经过两年多的刻苦攻关，他们研制和改进了两项具有世界先进水平的新产品。

其中 CDL 型高压彩电配套铝电解电容器，经有关专家和省市主管部门鉴定，达到了 20 世纪 80 年代世界先进水平。

可以说，这 4 位大学生的杰出表现给企业带来了巨大的效益。乡镇企业广阔的发展空间，也给这 4 位大学生提供了发展的大舞台。

为了让更多有知识、有才能的人进入乡镇企业，各地还开办了各种形式的学校，为乡镇企业培养了专门人才。

在江苏南京，我国第一所县办乡镇工业大学——江苏省沙洲职业工学院成立了。沙洲职业工学院根据当地经济发展的实际需要，首先开办了建筑、纺织、电子、机械、企业管理 5 个系，并确定了各专业的教学内容，求宽不求细，以适应乡镇企业需要一专多能人才的实际。

1987 年 7 月，该校举行首届学生毕业典礼。在该校第一期的 110 多名毕业生中，有 80% 的学生分配到乡镇企业工作。

有了科技人员和大量大学生的加入，先进的技术和管理开始在乡镇企业中涌现，这为乡镇企业的长足发展提供了重要条件。

乡镇企业技术研究所成立

1986 年 6 月，曾经组建过我国第一个具有国际水平的光谱实验室的，原中国科学院物理研究所副所长戴仁崧，放弃科学院的优越条件回到家乡，在杭州办起了浙江省新技术应用研究所，为各地乡镇企业作技术后盾。

说起戴仁崧兴办研究所，这里还有一个插曲。

乡镇企业迅速发展之时，作为我国光电子学的高级专家，51 岁的戴仁崧痛感科学院人才积压而乡镇企业人才奇缺，一心要在后半辈子为乡镇企业的发展贡献力量。

很快，戴仁崧的想法得到了浙江省有关部门的赞赏和支持。农民企业家罗其林诚挚地欢迎这位高级知识分子到自己创办的浙江省乡镇经济联合发展中心工作。

戴仁崧欣然应允，并出任副总经理，主管科技开发工作。戴仁崧一边工作，一边深入绍兴、上虞、安吉、余姚等 8 个市县，调查了当地一些乡村和 30 多家乡镇企业。

在调查中，戴仁崧深切感受到乡镇企业对科学技术的渴求。于是，他决心创办一个为乡镇企业提供技术和人才的研究所，为科技体制改革做一些有益的探索。

就这样，戴仁崧回到杭州，办起了研究所。

这家研究所没花国家一分钱投资，仅靠浙江省有关部门借给的 15 万元作为开发基金，实行自负盈亏。

戴仁崧等人租用了一套农民的房子，建成电子、光电、精细化工、食品工业 4 个研究室，办起了一个实验工厂。

在戴仁崧任所长的浙江省新技术应用研究所，科技人员中具有中、高级技术职称的占一半。他们多数是拒绝了全民所有制单位的工作，到这个小小的民办集体研究所来的。

在当时，在杭州市郊古荡镇古荡湾村，一家生产橡胶鞋底的企业经济效益很差，并给周围风景区造成了污染。

面对经营困难，村里早想转产，但苦于一无市场信息，二无人才和生产技术。

研究所在了解了情况后，就与村里联办浙江省新技术应用研究所实验厂，负责提供技术，从厂房设计改建、设备安装、原料采购，到打开销售渠道等，全部都一包到底。

1987 年 2 月上旬，这个厂建成投产，当月便创利润。

接着，该厂还开发、生产了用于丝绸和各类纤维织物后整理的"柔软剂"等 10 多个产品。

研究所的科技人员帮助桐庐县，只用 49 天时间就办起了一座化工厂，并转让了十二烷基苯磺酸钠技术和产品。

在研究所成立的那段时间，该所帮助了 4 家乡镇企业开发应用精制腐竹的技术。

到 1987 年，这项技术在广东汕头打开了出口创汇的窗口。

研究所的工作，很快就在乡镇企业界引起了巨大反响。一时间，去该所商谈联营办厂、技术转让、人才培训的乡镇企业负责人络绎不绝，有的县由县长、副县长带队前去求援。

在同时，有不少技术人员、大学生、研究生纷纷写信，请求到该所工作。

在研究所成立后的两年中，先后和 7 家乡镇企业组成科研、技术、生产联合体，帮助乡镇企业开发应用了 19 项新技术、新产品，辐射到 8 个省市的 20 多个县。

在同时，该所还为乡镇企业举办了两期电子技术、机械制图培训班。

研究所成立 9 个月后，它不仅创收了 15 万多元，而且还给很多乡镇企业解决了很多技术难题。

一批乡镇企业家诞生

1987 年冬天，在全国政协的一次会议上，全国政协副主席费孝通，在会见乡镇企业家代表时，一开口就问："吴江皮鞋二厂的肖厂长来参加会议没有？"

坐在后排的肖水根应声答道："我来了，谢谢费老关心。"

费孝通对肖水根的印象太深了，他前不久曾两次亲临这个厂进行视察。

在视察中，费孝通从肖水根身上看到了一个普通农民在商品经济的汪洋大海中，锻炼成长为企业家的轨迹……

20 世纪 80 年代的一个初春，江苏苏州下辖的北厍乡党委决定办一个皮鞋厂。由谁来筹建呢？人们看中了肖水根。

肖水根的经历不同于一般农民。他在乡卫生院做过护理，又是远近小有名气的巧木匠，还是个精明的生产队长。

乡亲们对肖水根的评价是：肖水根面前无难事。

要办成一个皮鞋厂谈何容易。在当时，肖水根所拥有的资本就是 3 万元贷款，10 来间破旧的学生宿舍，8 台缝纫机，还有就是 18 个青年。

然而，在困难面前，肖水根并没有低头，他开始东奔西跑，借来几台专用缝纫机和卸料机、批皮机、鞋楦，又请来了 6 位上海老师傅。

就这样，一个简单的皮鞋厂就诞生了。

3 个月后，肖水根背起鼓鼓囊囊的一袋鞋直奔上海，在四川路红光皮鞋店前摆起了地摊。

式样时髦的皮鞋吸引了来往顾客，不大一会儿，肖水根的地摊前就围起一群人来。

这下惊动了红光皮鞋店主任，他把肖水根请到了店堂里。经过简单的谈判，很快，一份一万双皮鞋的合同就这样拍板成交了。

肖水根知道，要在上海滩站住脚跟，首先必须打响自己的牌子，创出自己的特色来。

为此，肖水根给自己厂子里生产的皮鞋取名为"达胜"，即不达到胜利誓不罢休。

接着，肖水根又断断续续花了一个多月时间，在上海等地"微服察访"。

经过一个多月的"微服私访"，肖水根发现在买鞋的顾客中，十八九岁到二十七八岁的女青年数量最多，鞋子更新换代速度最快，消费量最大。

于是，肖水根就果断地选择了生产青年女鞋。

在企业决策时，肖水根意识到，影响皮鞋经营的因素很多，而最关键的也是首要的因素是款式。

为了了解哪种款式更受欢迎，肖水根在"全国百货总汇"的上海以及北京、天津、南京、哈尔滨、昆明、成都等地，设立了10多个信息反馈点。

每天晚上八九时就是信息会聚的铁定时间，有关皮鞋的行情就通过电话，从四面八方汇集到肖水根面前，第二天的生产任务往往就是这时作出的。

1984年春天，上海首次试销的60双女式牛皮抽条船鞋40分钟内就被抢购完，这一信息马上传回到厂里。

4天后，"达胜"牌抽条女船鞋就开始登陆上海，并很快占领了上海的市场。

上海的市场终于打开了，肖水根在市场竞争中激流勇进。几年中，他的企业的皮鞋产量由4万双很快增加到86万双，利润也从7万元翻到250多万元。

在取得重大胜利的时候，肖水根想的是下一着棋：建立起稳固的销售基地和信息窗口，形成自己的特色和一定的气候。

于是，肖水根开始在上海南京路上转悠，并很快看准了伟光鞋帽商店。

搞联合的关键是谈判条件对双方是否互利。在谈判中，肖水根提出的条件是，他保对方一年销"达胜"鞋12万双，包得利润18.75万元，达不到指标皮鞋厂赔，超过部分对半分成。

在当时，肖水根提出的这个指标已大大超过了伟光鞋帽店原来的经营实绩。

面对肖水根如此慷慨的合作条件，伟光鞋帽店经理高小娟连连称赞肖水根有"胆气"，而厂里许多人却为肖水根捏一把汗。

结果是，1986 年销了 17 万多双，利润达到 26.7 万元。一时间，伟光鞋帽店成为上海黄浦区同行业中经营额、利润、奖金增长得最快的一家商店。

而肖水根经营的吴江皮鞋二厂，也从伟光鞋帽店骄人的业绩中得到了不菲的商业利润。

接着，肖水根用同样的方法在上海又办起了"达胜"皮鞋公司，在北京和苏州也开起了商店。

在以后的经营中，皮鞋厂产量的 70% 都是通过自己联营的商店销售出去。

"三天出小样，五天小批量，七天上市场"。这是人们总结吴江皮鞋二厂仿制新款式速度快、适应市场变化能力强的经验。

然而，当这个厂的生产批量扩大到几十万双后，怎样使企业的产品始终站在皮鞋潮流的前面呢？

针对这个问题，肖水根的决策是培养出自己高水平的设计人才。

为此，肖水根从工人中选拔了一批思想活跃、手艺精巧的高中青年，到上海皮鞋厂学设计。

很快，这批学习设计的人回到了工厂，他们都有一套过硬本领，在一张白纸上能画出花样繁多、线条优美的各种皮鞋的轮廓。

有了这批设计人员，皮鞋厂的款式开始不断翻新：

鞋头深度由7厘米改为6.5厘米，使姑娘喜爱的袜子和皮鞋相映增美；鞋口由圆的变成鸭蛋口、方口、桃尖口；鞋帮由直线改为折线、流线、飞机式；鞋面又变化成结带、穿带、暗条……

用肖水根的话来说，他们的鞋要使姑娘一鞋穿多季变成一季穿多鞋。

有了如此多的款式，肖水根的皮鞋厂不用老跟在别人后边学了。相反，皮鞋市场开始跟着他在转了。

各地要货的电报一封紧接一封，产品供不应求，日产4000多双皮鞋，而工厂从未设过成品仓库。

同行们看到肖水根的生意如此好，都羡慕地说："老肖可以高枕无忧了。"

然而，肖水根并没有完全放松下来，他想的是再好销的款式也要更新换代。

为此，肖水根规定，设计人员的收入同设计产品的销售量挂钩，第一年得全额，第二年打对折。他的目的是迫使设计人员打倒自己的产品，设计出更多更美的款式。

1987年一年，这个厂向市场推出了五六十个新品种、新款式。

在制造类企业的生产中，任何一个企业家都懂得，降低废次品率是提高产品质量、增产增收的主要源泉。不过从客观方面分析，废次品率哪怕降低0.1%都是要付出不寻常的努力的，何况是手工制作的皮鞋。

当时，国家轻工部规定，皮鞋企业的正品率必须达到98%，而吴江皮鞋二厂此时已远远超过这个标准，达到99.3%。

然而，肖水根并不满足现有的成绩，他想年产125万双皮鞋，0.7%就意味着一年有近万双次品，对于这近万名买到次品的顾客来说，次品率不就是百分之百吗？

于是，在全厂200多名班组长以上干部会议上，肖水根宣布：

今年要把次品率降低到0.3%以下，瞄准目标是，次品率逐步趋向零！

很快，全厂为之震动，1700名职工都动员起来。结果，这个厂的皮鞋合格率达到了99.8%。

在乡镇企业开始全面发展之时，肖水根，这个年方41岁，身高1.84米的苏南汉子，在短短几年时间里就成为全国皮鞋行业的一颗新星。

和肖水根一样，在当时，朱兴度、战德开等一大批乡镇企业家产生了。在他们的带领下，乡镇企业开始向更高的层次迈进。

1987年，在国家农牧渔业部的支持下，由中国乡镇企业报、中央人民广播电台、中央电视台共同举办的"当代优秀农民企业家"评选活动在全国展开。

7月30日，评选结果在北京公布，100名乡镇企业厂长、经理在此次的评选活动中，当选为"当代优秀农民企业家"，其中10名被评为"最佳农民企业家"。

当选的100名农民企业家的共同特点是：面对市场，不断改革，勇于开拓、创新，善于从实际出发，有一套灵活的经营策略和比较先进的管理办法。

其中不少人的经验管理才能不亚于国有企业的经营人才，并且取得了良好的经济效益和社会效益，对农村经济的发展和当地农民脱贫致富作出了突出贡献。

乡镇企业充分发挥自身优势

20 世纪 80 年代，在上海交通大学帮助下，浙江上虞的一些乡镇企业创造了奇迹般的成绩：

LTF 冷却塔专用风机和 BLS 型冷却塔分别荣获 1985 年和 1986 年国家银质奖；9 个系列、186 个品种规格的风机产品性能指标都达到国际先进水平，远销 14 个国家和地区；中小型冷却塔专用风机的产量占全国总产量的 70% 以上；1987 年人均创利 1.3 万元。

然而，人们还不太清楚，上海交大为何不在上海开发这些成果，而让这项成果跑到了远在百里之外的上虞农村。

在当初，交大动力机械系的一些教师，原来是有意在上海开发的，只是在无可奈何的情况下才到外地去"试试看"的。

在当时，他们设计了风机的关键部件叶轮，曾先到上海一家鼓风机厂联系试制。

对方问："你们愿出多少试制费？"

光模具就要很多钱，教师们哪来这么多钱？

没办法，他们又找到上海一家很有名的电扇厂。厂方不相信学校教师能设计出比他们厂更先进的叶轮，因此就没有和交大的这几个教授合作。

此时，一位设计者回老家上虞养病，见到了正在挖泥制砖的农民企业家徐灿根。

这位专家就以试探的口气上去询问对方对他们的这项研究成果是否有兴趣。

徐灿根一听就一口答应，他没有要学校一分钱，就在一座土地庙里用手工敲出了第一片叶轮。

为试制电机，教师们又拿着图纸找到了上海的一家电机厂，厂里说生产任务很多，无法接受试制项目。

于是，他们再回到上虞，找百官农机厂商量。该厂领导表示即使赔钱也干，就这样，百官农机厂很快造出了样机。

就这样，我国自己设计制造的冷却塔专用风机诞生了。

最后，百官农机厂又在附近的联丰玻璃钢厂，试制成了第一台玻璃钢冷却塔。工厂每次得奖首先向交大报喜，还把交大教师的照片贴在"功臣榜"上。

百官农机厂的行为，感动了上海交大的老师。此后的几年，上海交大的研究成果只有30%在上海开花结果，而70%流向了外地。

在当时，交大有关部门的同志不太愿意公开这种情况担心这样一来会得罪人，以后工作更困难。

其实，上海科研成果"墙内开花墙外香"的情况是一个很普遍的现象。

在当时，上海有位副市长说，据对 35 个研究所的统计，8 项成果中，7 项到外地开发，只有 1 项在上海推广应用。这种情况，对上海发展外向型经济是十分不利的。

为此，当时的《人民日报》还以题为《一项成果为何两种遭遇》讨论了一项科研成果在上海大中工厂有心栽花花不活，而在外地乡镇企业，却无意插柳柳成荫的原因。

这种现象的出现，与乡镇企业"船小好掉头"，以及它们能够及时把握商机是分不开的。因此，充分发挥乡镇企业的优势，这就是乡镇企业获得发展的法宝。

各地因地制宜发展乡镇企业

1988 年，中央一位领导同志在视察福建省沿海地区时说：

> 泉州坚持以中小型企业为主，发展外向型经济，因陋就简，出口创汇的路子是对的。

泉州地处福建沿海，人多地少，人均耕地仅 0.4 亩，历来是缺粮地区。

然而，泉州还是有名的侨乡，这里有华侨、华裔 300 多万人，占全国华侨、华裔总数的十分之一，占全省华侨、华裔总数的二分之一以上。

同时，泉州还有港澳同胞 40 万人，在台湾的汉族同胞中，有 800 多万人的祖籍在泉州。

这里又邻近港澳台，同海外交通方便，信息灵通。把侨乡的这些优势同丰富的劳动力资源结合起来，就会给泉州市的经济发展造成新的优势。

党的十一届三中全会以后，泉州工农业虽有很大发展，但是缺少骨干工业企业，农村还是单一的农业。

依靠什么才能使泉州的经济起飞呢？泉州的乡镇企业是由群众自发集资办起来的。

当时的侨乡有所谓"三多"：闲散资金多、闲房多、闲人多。但是，由群众集资办的企业是姓"社"还是姓"资"，一时争论激烈，几年不休。

随着一批这样办起来的乡镇企业已收到明显的效果，仍有人说这是在搞资本主义。

然而，群众要求劳动致富的强烈愿望是不可抑制的。1979 年底，第一家搞服装、针织品来料加工的外向型乡镇企业，终于在华侨众多的晋江县破土而出。

不久，乡镇企业就发展到几家、几十家，并迅速由晋江扩展到沿海的几个县。

1980 年，泉州全市来料加工的乡镇企业只有 70 多家，到 1987 年发展到 850 家。

1983 年，全省乡镇企业工作现场会，在晋江县陈埭镇召开。

在此次会上，福建省委肯定了陈埭镇发动群众利用"闲房、闲人、闲钱"，集资办乡镇企业的经验。

1985 年，泉州市委和市政府又提出走"联、扩、带"的路子。

"联"，就是以骨干企业和名优产品为龙头，发展各种形式、各种经济成分的经济联合。

"扩"，就是以乡镇企业力量强的专业镇为中心，向周围乡村扩散，形成一业为主，多种经营，贸工农结合的格局。

"带"，就是采取城乡联营、劳力招聘、产品扩散等形式，带动贫困山区脱贫致富。

经过几年努力，泉州全市乡镇企业由自发阶段进入到自觉发展阶段，并遍地开花。

1987 年，全市乡镇企业发展到 2.5 万多个，总收入 25.8 亿元，比 1978 年增长 14 倍，占全市工农业总产值的 66.15%。

一时间，乡镇企业成为泉州国民经济的一大支柱。

泉州市乡镇企业突破性的发展，使侨乡面貌发生了巨大变化。农村由单一的农业经济，变为贸、工、运、种植和养殖等相结合的经济。

到 1987 年底，全市乡镇企业共安排劳力 46 万多人，占农村总劳力的 25%。

看到泉州乡镇企业取得了不小的成绩，在当时，不少经济专家来这里考察。

经过考察后，他们用四句话归纳了泉州乡镇企业的主要特点：

以侨资侨力为依托；以股份式经济为主体；以国内外市场为运行机制；以区域化专业化生产为经营格局。

利用侨资侨力，是泉州乡镇企业得以迅速发展的重要原因。

当时，泉州发动群众集资办乡镇企业，侨资是其中的一大项。仅 1986 年，群众集资 3.4 亿元，其中侨资就占一半以上。

同时，由于侨资多，信息灵，引进设备多，很多乡镇企业的产品质量高，款式新，更新快，被誉为"国产洋货"。

在 1986 年，泉州有 228 种产品被评为省、市优质产品和优秀产品，有 18 种产品填补了省内、国内空白。

1987 年，乡镇企业开发的新产品 1200 多种，3 种产品达到世界先进水平。

就这样，泉州利用当地侨乡的优势，使本地的乡镇企业取得了很大的发展。

与泉州一样，全国许多地方也充分发挥地方优势，因地制宜地大力发展乡镇企业，不断促进地方经济的发展。

大企业帮助乡镇企业发展

1985 年以后，在发展中很多乡镇企业都曾经受到一些大企业的帮助。

山西省太原钢铁公司就是一个多次帮助乡镇企业的公司，该公司急农民所急，热情扶持乡镇企业，在当时被传为佳话。

1986 年初，繁峙县农民集资 600 多万元，建成了一座容积为 60 立方米的炼铁高炉。

开炉后，炼铁高炉因不断"结瘤"而被迫停产，并造成农民亏损 75 万余元。

消息传到太钢后，公司领导立即召集炼铁厂厂长、专家研究扶持办法，并派出炼铁厂主任经济师、主任工程师等去现场"诊断治疗"。

1987 年 6 月，经过共同努力，繁峙县 60 立方米的高炉恢复生产，产量稳定，质量达到出口标准。

太钢作为大企业，有很大的技术优势，这样在帮助乡镇企业时，以技术优势扶持乡镇企业便是经常的事了。

在当时，襄垣县钢丝厂在开发新产品中，遇到技术难题，四处求援也无济于事。

太钢公司闻讯后，二话没说就派出技术骨干帮助他们解决了难题。

垣曲县引进外资 1200 万元建了一座高炉，但高炉建成后，却因技术不过关，高炉长期不冒烟。为此，太钢派了一名工段长前去"包治"，问题很快就解决了。

1987 年 11 月，该乡镇企业恢复生产，并将炼铁有关技术传授给农民。

介休县烘干机厂为摆脱困境，贷款买回轧钢机，但该厂工人没有技术，不会操作。于是，太钢一轧厂先后派出 50 余名技工和工程技术人员，对这个厂进行较大规模的技术改造。

在太钢一轧厂的帮助下，介休县烘干机厂的工人很快提高了技术水平。

随着技术水平的提高，介休县烘干机厂的产品也开始畅销起来。1988 年，这个厂已生产出市场急需的螺纹钢，且行销天津等地。

真心帮助乡镇企业发展的并非只有太钢，当时在全国还有很多家大公司都曾经以各种形式帮助乡镇企业发展。

浙江省平湖标准件厂，是当时全国最大的螺母出口基地。该厂在经营过程中，积极帮助 20 多家乡镇企业发展对外加工业，既作他们的生产后盾，又当出口创汇的龙头。

平湖标准件厂自 1973 年开始，就向日本等国进口钢材，生产螺母出口。至 1982 年，年产量只有 10 多亿件。1984 年前后，国际市场对螺母需求剧增，外贸部门要他们提供更多的货源。如果本厂扩大生产，必须大量投资、征地、土建、招工，而且周期长，见效慢。

于是，在 1984 年底，这个厂便与 20 多家乡镇企业实行多种形式的横向联合。

为了保证产品质量，平湖标准件厂采取派下去指导、请进来实践和办培训班等形式，帮助这些乡镇企业培养技术、质量管理人员和熟练操作工，帮助解决各种难题。

同时，平湖标准件厂还向乡镇企业积极介绍国际市场行情和销售趋势，使这些企业耳聪目明，按照国际市场需求组织生产，不断更新产品，占领了国际市场。

从 1985 年至 1988 年，这个工厂每年从国外进口的 2 万多吨钢材中，拨出四分之一给乡镇企业，由乡镇企业加工成螺母再收购进来，将其打入国际市场。

就这样，平湖标准件厂在没有增加多少投资、设备和职工的情况下，既实现了自身发展，又帮助了 20 多家乡镇企业。

承包制激发乡镇企业活力

1988 年，安徽芜湖市出现了一股承包经营乡镇企业热。

在为期 10 天的乡镇企业成果展览及人才技术洽谈会上，本市、本省及外省的 2000 多名经济管理与科技人员前来报名申请，要求承包、领办芜湖市的一些乡镇企业。

当然，这股下乡承包、领办热的兴起，与芜湖新推出的一些政策有关。

当时，在学习贯彻十三大改革精神中，芜湖市委、市政府的领导同志认识到，发展芜湖的乡镇企业，没有人才没有钱可以给政策，把中央制定的一系列改革政策用足、用活，为乡镇企业引进"龙头"。

为此，芜湖市政府果断做出抉择，及时颁布了《关于鼓励科技人员及其他各类人员承包、领办乡镇企业的若干规定》。

"规定"指出：

凡本市和外地的科技人员、管理干部、技术工人和离退休人员等各类人才，愿在芜湖市承包、领办乡镇企业的均受鼓励和欢迎，实行"四自"方针，即双方自愿、形式自愿、报酬自定、来去自由；可以个人独立或联合承包、领办，也可以由单位集体承包、领办；可以承包领办企业全部生产经营活动，也可以承包、领办单位科技、经营项目；可以采取停薪留职、辞职方式，也可以采取业余兼职、咨询、顾问等形式；可以不转档案，不转户口，不转行政关系；承包、领办成绩显著者可以高聘一级技术职务；不管是承包、领办还是业余兼职，其报酬除按章纳税外，均归个人所有……

这是一项对人才具有很强吸引力的磁性政策，在经济利益和发展舞台的巨大"诱惑"下，许多科技人员和管理人员来到了乡镇企业，为乡镇企业发展献策出力。

承包制当时在全国很多地方都得到了推行。

在江苏大丰县，这个县乡镇企业发展迅速，到1986年已有近1300家企业。但到1987年底，全县仍有近百家乡镇企业未能摆脱亏损的困境。

县委、县政府认真调查后发现，造成这种情况的原因主要有两点：一是政企不分，企业成了乡、村行政的"官办"小金库，被"煮"进了乡村集体经济的"大锅"；二是企业内部责、权、利脱节，企业的兴衰与个人利益无直接关系，盈利大家均分，亏损集体兜底，因而造成一些企业"肥了和尚破了庙"的现象。

针对这些情况，大丰县委决定通过深化改革，全面推行全员抵押承包责任制。

全员抵押承包责任制的具体做法是：

在确定好各项承包目标的基础上，实行干部公开招聘；视企业规模大小，经济发展的能力等情况，合理确定承包人应交的抵押金。

在厂长负责集体承包的情况下，抵押金又根据个人所拥有的权力、负责的工作、承担的责任，区别厂长、副厂长、科室干部、职工等，拉开资金抵押的档次。

主要承包者的抵押金比其他承包者的抵押金一般多出一倍以上，比职工多出五至十倍。

承包期满，按合同结算，完成承包指标的，工资、奖金照得，抵押金连本带息全部返还；反之，工资向下浮动，并将承包抵押金转入企业发展基金或抵补亏损。

在县委、县政府的推动下，该县的乡镇企业承包制进行很快，到 1988 年初，全县 80% 以上的乡镇企业都实行了全员抵押承包。

实行全员抵押承包，效果非常明显。

首先是实行承包后，乡镇企业的所有权与经营权得到分离，企业有了独立经营的自主权，负盈也负亏，这就激发了乡镇企业自我循环增值的内在动力，经济效益显著提高。

全员抵押承包的另一个好处是，全员抵押承包的实行，承包者通过公开招标产生，从而把竞争机制引入了企业。

在经济效益影响个人收入的情况下，竞争使承包人与企业同呼吸、共命运，想方设法完成和超额完成任务。

同时，由于全员抵押承包，个人的劳动、经济利益与企业的经营效果集于一体，职工要对自己负责，首先要对企业负责，对大家负责，从而使广大职工集体承担起经营企业的风险，增强了主动性、积极性和创造性。

南阳棉纺厂在实行全员抵押承包前，由于产权不清，责任落不到实处，员工在工作中自由散漫，管理者严重不负责任，遇到事相互推诿。

当时，在上班期间，在管理者不在的情况下，工人就偷懒，常常聊天，并且一聊就聊大半天。

而在企业里，管理者和普通员工基本都是本村或本镇的人，相互都认识，有的还彼此沾亲带故。

这样一来，管理者发现有部分员工不劳动甚至违章作业，就会"睁一只眼，闭一只眼"。因为他们知道，去管理员工，只会得罪人，对自己没有啥好处，自己又何苦呢。

在这种情况下，南阳棉纺厂亏损严重，已经到了倒闭的边缘。

实行全员抵押承包后，该厂员工的面貌发生了很大的变化，管理者也切实负起责任来了。很快，该厂的效益就上去了。承包后的第一个月，该厂就扭亏为盈，4个月就抵补了2.07万元的亏损，还盈利1.25万元。

在承包制的带动下，再加上一些其他政策的支持，在当时，各地乡镇企业发展很快。

1987年6月12日，中国改革开放的总设计师邓小平在会见南斯拉夫客人时说：

> 我们农村改革总的来说发展是比较快的，农民的积极性调动起来了，我们完全没有预料到的最大收获就是乡镇企业发展了，异军突起。

三、 开创未来

● 厂长张怀传说："这个厂要说是谁的，我也说不清，反正不能说是我的。将来谁管这个厂，这个厂就是谁的。"

● 井孝恒经常说："信誉是花钱买不到的。"

● 江泽民高兴地说："乡镇企业是我国亿万农民的一个伟大创造，也是党领导改革开放所取得的一项巨大成就。"

颁布乡镇企业管理法规

1988 年下半年，在改革开放的推动下，全国经济日益发展，但同时也带来了众多问题，如重复建设、经济过热，造成社会总需求大于总供给和通货膨胀等。

为此，党的十三届三中全会制定了"治理经济环境，整顿经济秩序，全面深化改革"的方针。

早在 1988 年初，有关部门就已经认识到乡镇企业发展中所存在的问题。

为此，主管全国乡镇企业的农业部，果断提出了"五个战略转移"：

> 从过去主要靠增加投入的外延发展，向依靠科学技术，实行内涵发展与外延发展并重；从重产值增长，转向注重产品质量，做到经济效益、社会效益、生态效益并重；从单一依靠国内市场，逐步转向积极跻身于国际市场，实行国内、国外两个市场同时开拓；从企业分散经营，转向进行专业化、社会化协作生产，发展各种形式的市场同时开拓；从传统小生产经营管理，转向科学的现代化企业经营管理。

为了实现这些转移，1988年，中央又提出了大力发展外向型经济战略，强调了"科技进步是发展乡镇企业的必由之路"等。

这些措施为乡镇企业的治理整顿，保证当时全国乡镇企业稳定、健康的生产经营，创造了有利条件。

治理整顿开展以后，全国乡镇企业根据国家宏观经济规划、产业政策、市场需求和效益原则，积极主动地进行了大量的卓有成效的调整工作。

调整工资以开拓市场为目标，加快了产品结构的适应性调整，积极开发新产品，扩大名优产品。

同时，有关部门还积极推动调整乡镇企业结构，发展企业集团和企业群体，实现生产要素的优化组合。

在治理整顿过程中，国家采取了财政、信贷双紧方针，进一步加强了宏观控制，对一些生产资料实行专营，压缩基建投资等。

与此同时，社会上对发展乡镇企业的偏见与非议颇多。在当时，就有人认为"整顿就是要砍乡镇企业""要保住全民企业，就要限制乡镇企业""乡镇企业的发展影响了农业"等等。

在这种情况下，乡镇企业面临着实际和舆论的双重压力。它们在信贷、物资、市场等方面一度遇到前所未有的困难。特别是一些地方片面地理解中央治理整顿的精神，把调整搞成了大砍大杀，把整顿搞成了大批关、停，使乡镇企业蒙受了巨大损失。

1990 年上半年，全国乡镇企业外部环境也很差，发展速度降至为零，企业经济效益不断下降。

1990 年 6 月 3 日，在全国乡镇企业处于极度困难的时候，《中华人民共和国乡村集体所有制企业条例》正式颁布了。

该"条例"是国务院制定的第一部乡镇企业综合性的重要行政法规，是中国农村经济体制改革和法制建设的一件大事。

"条例"的颁发，不仅确立了乡镇企业在国民经济中的重要地位和法律主体资格，而且为政府加强宏观管理，引导和保障其健康发展提供了有力的法律武器。

同时，"条例"的颁布也体现了党和国家对发展乡镇企业的方针、政策的一贯性、坚定性和稳定性，对在治理整顿中，稳定政策、稳定人心、稳定发展，从而稳定农村、稳定全局都具有重大作用。

因此，在治理整顿中，各地以"条例"为依据，更加坚定了发展乡镇企业的信心与决心。

创办乡镇企业制度试验区

1988 年，在全国 12 个农村改革试验区中，范围最广、起步较早的安徽阜阳乡镇企业制度建设试验区，经过一年努力，已基本完成清理整顿市场和交通路卡、企业内部制度示范、乡镇企业创办指南等重要项目，为探索建立一整套有中国特色的乡镇企业制度奠定了较为扎实的基础。

有上千万农业人口的安徽省阜阳地区，过去以逃荒要饭多而出名，农村改革使该地区的面貌发生了很大的变化。

在此过程中，阜阳的乡镇企业产值由 1978 年的 0.37 亿元，增加到 1986 年的 15.55 亿元。

1987 年 3 月，为了及时总结这一地区的经验，促进我国乡镇企业的健康发展，中央农村政策研究室和安徽省委、省政府，正式批准在该地区全面进行乡镇企业制度建设的试验。

决策作出后，先后集中了一批专家、学者和实际工作者，通过调查研究、论证试验等阶段，共设计了 20 个项目，主要包括：

企业内部制度建设；企业外部环境改善；

政府及政府部门对企业的行为规范。

在中央农村政策研究室和安徽省委、省政府的领导下，中国农村第一个乡镇企业制度建设试验区，发生了明显的变化。

首先是企业澄清产权模糊性，建立现代企业制度。

阜阳地区乡镇企业主体形态是户办、联户办的企业。最令人头痛的问题是它的模糊性：债权债务模糊，风险责任模糊，企业财富的所有权模糊。厂子属于谁？说不清楚。

亳州市汤陵农工商联合企业，最初是 6 人合伙办的筛网厂。这个厂与厂长、副厂长沾亲的有 25 人，儿子管供销、儿媳妇管发奖金。

厂长张怀传说："这个厂要说是谁的，我也说不清，反正不能说是我的。将来谁管这个厂，这个厂就是谁的。"

太和县供销公司由胡银海私人创办。1987 年初，他为建冷冻厂征地无门。县乡镇企业局说，只要挂靠到乡镇企业局门下，就可由企业局出面征地，企业还可以作为集体所有制性质而获得法人资格。

于是，胡银海就与乡镇企业局签订挂靠协约。

类似的情况，在阜阳可谓是比比皆是。阜阳地区乡镇企业形态各异，企业规模、所有制形式和经营类型都有很大差异。

如何选择试验对象，通过何种方式建立现代企业制度，产权模糊的问题能否解决，这些都是试验初期难以回避的问题。

试验开始后，在对141家企业直接访谈和440家企业抽样调查后，试验区工作小组确定了第一批建制试验的8家企业。

这8家企业分别是，业主以全部财产承担企业风险的无限责任制形式的纯私人企业；实为私人企业，为取得合法地位而挂靠政府部门的"挂靠制"企业；股份制企业；承包制企业；租赁制企业；合伙制企业；用利润购买各种保险，形成内部激励机制的保险制企业；通过为每个职工建立资本账户的"分享制"企业。

经过一年多的实践，这些试点企业的章程产生了广泛的示范效应，不推自广。

当时，看到试点企业的企业章程效果不错，很多其他乡镇企业纷纷借鉴或仿效。很快，阜阳地区的乡镇企业在产权问题上边具体了，责任也明确了。

乡镇企业占地过多、布局分散的问题，引起了社会各界的广泛关注，如何抑弊兴利？试验区的做法是创办农村工业地，形成企业外部规模经济。

同时，在工业小区内进行高密度的制度创新，以此方式杜绝传统体制和血缘、地缘关系对乡镇企业发展的困扰。

太和县经济开发区和蒙城县工业小区于1987年10月

破土动工，在试验区工作小组的推动下，工业区的管理方式、户籍制度、金融资产和土地制度都以试验的思想进行大胆尝试。

在创办工业小区的过程中，当地把农村工业化和城市化两个过程结合起来，取得了不错的效果。

"如果车上装的货还不够沿路罚的，我何苦去跑运输？"一位"解甲归田"的运输专业户这样说。

这类抱怨并不是个别现象，市场上的小商贩也在摇头叹气："穿蓝的，穿黄的，只要穿制服，都是要钱的。"

试验工作开始后，"双清"，即清路卡、清市场，在一片抵触、抱怨和不理解声中出台了。

"双清"目标直指市场管理者的不规范行为，整肃索贿、贪污、收费"双轨制"和种种腐败现象，这不可能不触及一些部门和个人的利益。

为此，试验工作率先在4个市场和4个检查站进行。经过局部的试验，在统一行政管理、公开一切税费的收取标准、合署办理证照、小贩经营定额计税和市场督察体制等方面，都摸索出成套的经验。

试点工作取得成功后，"双清"试验很快在全地区的800多个市场和200多个交通检查站上全面展开。

"双清"工作取得了不小的成功，很快，阜阳各地的市场和路卡的混乱局面终于得到了整治，农民负担减轻了，乡镇企业发展的障碍被清除了。

"药材经营是特种行业，私人不得进入。""金融是国家严格控制的，民间不得经营。"在试验中，这些旧规矩也受到了冲击。

授予亳州市华佗中西药私营公司医药批发权，创办亳州市张集乡企业金融服务社，就是发展农村商业批发市场和金融市场的一种尝试。

在当时，试验出台之前，试验区工作小组经过与医药局、农行等有关部门反复协商，赢得了他们的理解和协助，使得乡镇企业在这两个领域内站住了脚。

华佗公司得到医药批发权后，打破了医药批发业长期由一家垄断的局面，当地唯一的国营医药批发公司迫于竞争压力，不得不进行了承包改组，经营作风有了明显转变。

这样的试验为农村商业体制和金融体制改革提供了第一手经验。

解决乡镇企业去政府部门办事难的问题，也是试验区工作小组的一项重要工作。

"衙门难进、脸难看、事难办"，中国农民历来怕与官府打交道。然而，商品经济的发展又绕不开政府。乡镇企业办件事，往县城跑十几趟，盖十几个章，问题也难解决。毛病出在哪里？

试验区工作小组经过认真调查后发现：一是有些农民确实不懂办企业的规矩；二是我们政府内的有些人不是以办事效率高为准则，而是以"把事情搞得难办而显示自己的权力"为准则。

为此，试验区工作小组在试验区推出了两项试验：实行合署办公制度和编制《乡镇企业创办指南》。

试验区工作小组此举意在明确政府职能，把作为部门权力基础的信息公开化，把桌下的交易摊到桌面上来。

试点开始后，蒙城县实行的合署办公制度规定，每星期五由一位县长负责，张榜告示百姓，现场办公，一次解决问题。

看到政府提高了办事效率，当地的农民和企业家都对此拍手称道。

由试验区办公室和阜阳地区乡镇企业局编制的《乡镇企业创办指南》，是一本政策性的知识读物，凡想自己创办新企业的农民，都可从中直接查阅到创办企业须知的法规、政策、技术和审批程序等方面的知识。

有了这本指南，就减少了农民进入非农产业初期的盲目性，同时也建立起政府为民众办事服务的形象。

转变政府职能，也是试验区工作小组重点推动的工作。在当时，试验区工作小组在蒙城县，撤销了在很大程度上因身份不同而分设的二轻局和乡镇企业局，组建统管城乡非国营中小企业的新管理机构——中小企业局。

撤销之时，由于涉及干部安排和编制问题，上下级对口矛盾和大大小小的麻烦，中小企业局的组建在县城引起了不小的骚动。

组建伊始，中小企业局就放弃了任命制，从局长到局长助理、科长，以至一般工作人员，一律实行公开招聘。

在当时，在局长招聘时，还让群众和有关部门参与评判，择优遴选，不搞内定。这一尝试在蒙城县内外的反响都很强烈。

完成组建工作以后，中小企业局从职能上转变了传统管理方式和手法，凡是和该局打过交道的人，都感觉到了励精图治、锐意进取的精神。

经过试验区工作小组一年多的试验，证明了建立乡镇企业制度是可行的，也是必需的。

科技人才助乡镇企业发展

1990 年，上海郊区嘉定县有不少"科学村"，东陈村是最好的一个。

东陈村位于县城东南 5 公里多的地方，是戬浜乡最小的一个村，该村有 1100 多人，人均耕地不到一亩，交通很是不便。

时年 42 岁的村党支部书记浦公正认识到，要使农民富起来，只有工业、农业一起抓。但是，要使村办工业得以生存发展，永远有活力，就不能满足于一两个产品，要有后备，不断开发新产品。

然而，对村办企业来说，开发新产品是件很不容易的事，关键是缺少技术性人才。在当时，全村 600 多个劳力中，却找不到一名大学生。

此时，浦公正听人说嘉定是个科学卫星城，这里有不少中央的研究所，里面有的是科技人才、研究成果和新技术。

听到这个消息后，浦公正眼前一亮，如果同这些科研人员挂上钩、攀上亲，就不愁没有新产品。

说干就干，很快，东陈村的 5 个厂 10 个车间，都与科研单位建立了密切的关系。

有了科研人员的支持，该村的乡镇企业"牛"了起来。如上海硅酸盐所东陈电子器材厂有两个产品在全国40多家同行中名列前茅，达到了国外同类产品的水平，年创利40多万元。

还有上海原子核所东陈电池材料厂生产的新型碱性电池隔膜，这是原子核所的一项国内首创的成果，在高技术领域用途很广。

在当时，该产品只有美国和中国能生产。产品出来后，立刻受到市场的欢迎，其中一半以上销往国外。

与上海的嘉定县一样，浙江宁波的乡镇企业也注重利用高科技提高企业效益。

1990年，正当一些乡镇企业面临材料来源不足、产品销路差的困难之际，浙江省宁波市的乡镇企业却紧紧依靠科技的力量，闯出了新天地。

在当时，宁波市有1500多家乡镇企业与上海、北京、杭州等地的国营大厂和科研单位，进行了多种方式的联营。

乡镇企业找专业大厂、大专院校和科研单位作"靠山"，有利于企业扬长避短，充分发挥各自的优势，提高产品质量和经济效益，是一条促进企业发展的好途径。

因此，实现联营后，乡镇企业的技术水平得到了很大的提高。在高科技的武装下，乡镇企业的产品开始从简单、粗糙向高、精、尖方向发展，其中有很多产品还走出国门，销往海内外。

科技与乡镇企业的联姻，不仅使宁波市乡镇企业得到迅速发展，也有效地调整了农村产业结构，涌现了一批有地方特色的技术专业乡镇，如象山县爵溪镇、鄞县古林镇成为针织之乡，余姚市的余姚镇成为仪表之乡，奉化市的江口镇成为服装之乡。

1990 年，全市乡镇企业借用来自"靠山"的雄厚技术力量，开发了 685 项新产品；新产品产值达 6.3 亿元，比上一年增长 21%；完成重点技术改造项目 428 项，总投资 2.41 亿元，新增产值 8.43 亿元，新增利润 8882 万元。

一个乡镇企业，究竟是怎样占到全国变压器绕组材料市场七成份额的呢？上海宝山杨行铜材厂的例子，再次说明只有依靠科技，乡镇企业才有好出路的道理。

1989 年 5 月，在人们不经意间，上海宝山区西部一片空地上立起了一片厂房，厂门口的牌子上写着：上海宝山区杨行铜材厂。

刚刚成立的杨行铜材厂，是一个规模非常小的企业，设备一台，职工 23 人。

杨行铜材厂的第一年，全厂上下没黑夜没白天地干，到年终一算账，只挣了 8000 元。

看到如此慢的发展速度，厂长倪林根开始反思了，如果按此下去，杨行铜材厂永远也发展不起来。

经过多方考察，倪林根很快悟出一个道理，企业要在市场上赚大钱，必须依靠科技，就像一个人要领高薪水，高学历、好专业就是个前提。

第二年，机遇降临杨行厂。当时，西安变压器厂承接了为郑州到武汉的电气铁路制造铁路牵引变压器的任务，但该型号变压器需要的 8.5 毫米 × 12.5 毫米的铜扁导线，此时，国内、日本和韩国都无法生产，倪林根却果断地接下这份订单。

这种铜扁导线，在当时属于国内空白。于是，年轻的"杨行"人就花重金请来一流专家，全力进行技术攻关。经过十几天苦战，杨行铜材厂终于制造出了质量完全合格的导线产品。

从此，杨行铜材厂在全国变压器绕组材料行业一炮打响。当年，杨行铜材厂便创下 1800 万元产值和 300 万元利润。

此番成功，使"杨行"人更加重视科技创新。整个 90 年代，"杨行"人的主要精力都放在科技上。

1992 年，杨行铜材厂在资金很紧张的情况下投资 1000 万元，建起了绕组材料第三代产品无氧铜杆的车间和检测室。

1995 年，杨行铜材厂与沈阳变压器厂联合技术攻关，成功地开发了换位导线，带动了全国变压器导线的更新换代。

1996 年，杨行铜材厂成功开发了自粘换位导线，被国家认可为全国首创产品。

1998 年，杨行铜材厂又研制成功半硬自粘换位导线，产品达到国际先进水平……

光有好的设备，缺乏一流人才，再先进的设备也只能是一堆废铁，这是倪林根对人才的形象阐述。

创业初期，倪林根得到一个信息：西北某家大变压器厂的一位老工程师原是上海人，刚刚退休。老工程师对导线的开发、生产工艺流程、质量管理有丰富的经验，国内很少有人能够企及。

于是，倪林根五赴西北，以诚心和高薪打动了这位工程师。

杨行厂接下的 8.5 毫米 × 12.5 毫米铜扁导线的紧急订单，就是这位老工程师不负众望，带领技术骨干一举攻关成功的，为杨行厂打开了最初的市场局面。

1996 年以后，随着企业实力的增长，倪林根开始规模性地引进人才。先是一批批地招聘技术对口的应届大学毕业生，后是专门招聘学管理的大学生，以掌握国内外本行业的最新高科技信息。

对待这些年轻的学生，杨行厂不仅解决他们生活上的后顾之忧，更重要的是给予他们更多的施展空间。

在当时，凡是到杨行厂工作的大学生，在车间锻炼一年后，优秀者很快被安排在技术科长、质检科长、企管部经理等重要位置上，工资也从 500 元升至 4000 余元不等。

广阔的发展舞台，鼓舞了新进来的大学生们。由这些科研人员开发的多种产品在国内均被评为电磁线名牌产品，杨行厂在行业市场的优势越来越强。

就这样，依靠科技、依靠人才，"杨行"的事业越做越大，经过 12 年奋斗，杨行铜材厂从 1989 年靠 15 万元银行贷款起步的乡村作坊，发展成拥有 2 亿元总资产、年销售收入达到 2.3 亿元，在全国变压器绕组材料行业占有 70% 市场份额的最大生产厂家。

　　在市场竞争日益激烈的 20 世纪 90 年代，各地的乡镇企业都面临着残酷的市场竞争，而高科技及高素质人才的加入，无疑给乡镇企业的发展增加了竞争的砝码。

　　毫无疑问，高科技及高素质人才助力了乡镇企业的大发展。

乡镇企业走上品牌化之路

1992 年，以邓小平视察南方发表重要谈话和党的十四大为标志，我国改革开放进入了一个新的阶段。

在这种情况下，随着乡镇企业成为我国国民经济的一支生力军，一大批名牌企业和名牌产品也开始走向市场。

当然，乡镇企业品牌的形成还有一个过程。

乡镇企业的品牌意识是在与市场交往的实践中，自觉或不自觉形成的，是在自身迅速发展壮大中日益强化的。

20 世纪 80 年代，乡镇企业异军突起，得天时、占地利、有人和，产品是否名牌并不重要。由于供不应求，"萝卜快了不洗泥"，质量差点也能卖得出。

然而，进入 90 年代，买方市场逐渐形成，市场竞争的范围、对手和层次已不可同日而语。乡镇企业实施名牌战略已经是势在必行。

名牌就是效益。面对国际竞争国内化、国内市场国际化的新形势，乡镇企业既需争"利"，也要争"名"，有远见的企业有着争创名牌的强烈意识、追求和自觉行动。

在乡镇企业走向品牌化之路时，森达无疑是较早的一个。20 世纪 70 年代末，当江苏森达人背着没有商标的产品四处碰壁时，他们就初步认识了牌子的重要性。

于是，与上海的两家老字号鞋厂联营，借牌推销产品，利润大头给人拿走了。

此后，他们自己注册了"盂兰桥"商标，占领了苏中、苏北市场。

当欲求更大发展时，他们发现商标带有明显的地方痕迹。于是，他们毅然独创了全新的"森达"商标。

到 1998 年，"森达"已开拓了全国 100 多个大中城市的市场，产品从部优到"鞋王"，再到中国驰名商标，一步步登上了中国名牌的宝座。

与森达一样，还有一大批乡镇企业都走上了品牌化之路，如小天鹅、春兰、双良等。

品牌不仅给乡镇企业带来了巨大市场效益，它还给企业带来了巨大的凝聚力，它作为一种无形资产，成为一个企业立于不败之地的重要法宝。

乡镇企业积极参与出口创汇

20 世纪 80 年代，乡镇企业改变了很多人的命运，尤其是广大农民的命运。

多少年来，习惯于蜷身阡陌、土里刨食的农民，在乡镇企业兴起的大潮中，摇身一变成了工人和企业家，并开始出口创汇。

1980 年，河北涿州市，在实在混不下去了的百人机械加工厂里，支起了几十架机梁，上了织地毯的项目。

摸索好几年，百人机械加工厂转型后试制出高档手工羊毛地毯，并打入国际市场。

产品卖不出去，愁；产品供不应求，也愁。外商定货数量不断增加，怎么办？

大量贷款、大兴土木、大批招工，在短时间内都不行，并且一旦市场不好，大规模的投资就会给企业带来巨大灾难。

乡镇企业发展的历史，是一部不断奋斗并克服困难的历史，发展外向型经济，仍然要发扬这种精神。

于是，地毯厂就把目光转向了"土里刨食"的农民。以本厂为"龙头"，把用人多、周期长、适合分散生产的"织做"工序放到了农民家庭工厂。

局面一下子打开了。农民屋里架起机梁，两三年就可脱贫致富，种地、做工两不误。

就这样，"家庭工厂"滚雪球似的发展起来了。

在当时，涿州市的24个乡镇，保定市的22个县，河北省的10个地市，山西、河南、山东等15个省，都有他们的"织毯户"，俨然成了一个没有厂界的万人大厂。

在这个巨大的生产系统中，涿州西河地毯总厂就像一个巨大的主动轮，带动着众多的分动轮一起运转。

1989年6月，他们又联合几家出口公司创办了"东方地毯贸易有限公司"，要把地毯业的国际客商引到家门口。

不久，厂长霍宗义又联合外贸、金融部门，成立股份制的涿州东方企业（集团）有限公司。

公司成立后，就建起了与地毯厂配套的东方毛纺厂、东方棉纺厂。同时，还去了澳大利亚开办东方饲养场，以解决原料问题。

与河北的地毯创汇一样，在山东的乡镇企业也开始利用好的质量寻求出口创汇。

山东牟平县渤海花生食品厂是一家乡镇企业，该企业在经营中十分重视产品质量，厂长井孝恒经常说："信誉是花钱买不到的。我们就怕搞坏……"

在厂长的带领下，该厂员工都认识到："一年之中有上千万外国人吃到我们的花生米，他们可都是不讲什么情面的质量检验员啊！"

一次，该厂包装车间有个职工，上班时手表把弄掉了，大家都担心会不会掉在花生包装袋里。如果真是这样，让外国人发现了，将怎样看我们厂的产品质量呢，还有那块刚刚叫响的牌子？

于是，为了找到那只小小的表把，大家开始对已包装好的120箱花生烤果，逐箱逐包拆袋检查。

接着，他们又把车间地面上的砖全部掀起来，最后还把推出厂门的垃圾翻了一遍，终于在垃圾堆里找到了表把，这样大家才放了心。

就是靠这种对质量的重视，牟平县渤海花生食品厂才赢得了外商的信任。一个小小的乡镇企业，年创汇竟达100万美元。

作为一个经济飞速发展的城市，大连的乡镇企业发展也非常迅速，并且在创汇中显示出了极强的智慧，借"梯"上"楼"就是他们使用的一种好方式。

在当时，国门初开，大连的一些农民企业家认为，搞来料加工、来样加工、来图加工、补偿贸易是一种很好的生产、经营形式。

然而，想法虽好，但没有条件怎么搞。为此，他们就广纳人才，借"梯"上"楼"，生产自己的出口产品。

新金县的瓦窝镇离海远，没有得天独厚的资源发展外向型经济，只有人托人，找门路。

最后，该镇找到了瓦房店轴承厂的退休干部周喜玉，办起大连冶金轴承厂。

轴承厂建成后，没技术人员，他们一请就是60多个离退休的高级和中级工程师。工人素质差，他们又请了一批退休的技术工人。

有了技术人员，轴承厂就搞起了技术改造。通过技术改造，该厂的产品质量大大提升。当年该厂就生产出了国内外紧缺的轴承，同时还开发出 30 多个新品种。

德国用户检测后说："主要技术质量指标达到瑞士 SKF 同类国际王牌产品的水平。"

产品质量过了关，世界各地纷纷来信来人递交订单，1990 年，该厂就创汇 260 万美元。

靠这种方式发展起来创汇的乡镇企业，在大连还有很多，比如大连特钢厂、金州钻井机器厂、庄河尖山汽车配件厂、旅顺塑料机械厂……这些乡镇企业都聘请一批退休的科技人员，按国际标准生产，一路绿灯，畅销国际市场。

在走出国门，开拓国际市场时，很多乡镇企业因为规模小等问题，常常面临各种难题。

但是，这种难题并没有难住大连的乡镇企业，这些乡镇企业家认识到，乡镇企业"船"虽小，漂洋过海多禁不住风浪，但他们可以搭别人的"船"过海。

搭"船"法一：为出口企业配套生产。

当时，大连的许多大企业，如造船厂、冷冻机厂等，这些大"船"经过改造，在"公海"上畅行无阻，生产能力迫切需要扩大。

于是，大连各地的乡镇企业与他们联合，为他们生产配件，自然就搭"船"出海了。

旅顺龙王塘机械厂就是一个这样的乡镇企业。当时这家企业人员素质好，生产的都是"标准件"，可没有定型产品，规模太小，出不了口。

此时，龙王塘机械厂看到冷冻机厂要扩散出口产品的附件，便主动上门联系，承担搅拌器零件的生产。

从此，这个乡镇企业不但不再愁自己的产品没有销路，而且绝大部分都随着冷冻设备出口世界各地。

像龙王塘机械厂那样，运用这种办法出口的乡镇企在大连还有很多，往少里说，全市也有几百家。

搭"船"法二：代出口企业生产部分产品。

随着乡镇企业的发展，许多乡镇工厂生产的产品完全可以出口，可就是找不到国际市场的"入口"。

面对自己企业在出口方面的瓶颈，他们没有气馁，而是积极与出口厂展开联合生产，产品很快就进入国际市场。

大连一家无纺布厂技术先进，产品质量好，经营有方，在国际市场上信誉高，产品供不应求。

当时，大连有两家乡镇企业经过整顿，在生产某些产品上达到这个厂的生产水平。于是，这两家乡镇企业就找到了无纺布厂，希望为该厂生产产品。

此时，无纺布厂正愁产品干不出来，考察了这两家乡镇企业的生产情况后，无纺布厂便把自己厂的一部分生产任务交给了那两家乡镇企业。

拿到无纺布厂的生产任务后，这两个乡镇企业开始了夜以继日的生产，同时还严把质量关。

产品出来后，完全符合标准，于是就和无纺布厂的产品统一出口。

从此，这两个乡镇企业全部扭亏为盈，一年创汇几百万美元。

乡镇企业，最初是农村和农民办的企业，这使它在成立之初，就有规模小的特点。然而，经过多年的发展，这些当初还很小的乡镇企业，很多已经发展成为规模庞大的集团企业。

不管是大的乡镇企业集团，还是小的乡镇企业，它们都能利用自身的特点，在创汇方面表现出较强的活力。

江泽民高度评价乡镇企业

1998 年，我国乡镇企业实现增加值 2 万多亿元，占国内生产总值的比重达 27.9%；上交国家税金 1538 亿元，占全国税收总额的 20.4%。

随着乡镇企业的发展，乡镇企业在解决农村富余劳动力就业，促进农民增收，方便人民生活，促进国民经济发展等方面的作用，开始逐渐凸显出来。

1998 年春天，时任中共中央总书记江泽民到江苏专门考察了苏南的乡镇企业。

江苏南部地区是我国乡镇企业起步较早、发展较快、规模较大、效益显著的地区。

从 4 月 20 日至 22 日，江泽民总书记和国务院副总理温家宝，在中共江苏省委书记陈焕友、省长郑斯林和南京军区司令员陈炳德的陪同下，在江苏无锡、泰州等地先后考察了小天鹅公司、双良集团公司、向阳村、华西村、阳光集团公司、春兰集团公司。

在考察时，看到乡镇企业取得如此巨大的成就，江泽民高兴地说：

乡镇企业是我国亿万农民的一个伟大创造，也是党领导改革开放所取得的一项巨大成就。

同时，江泽民还说：

在我们这样一个农村人口占大多数的国家搞现代化，发展乡镇企业是一项重大战略，是一个长期的根本的方针。实践证明，发展乡镇企业是实现农业现代化、实现农村小康的必由之路，也是一条有中国特色的工业化道路。各级领导一定要从国民经济和社会发展全局的高度来认识乡镇企业的重要地位和作用。

江泽民还就乡镇企业的发展问题发表了重要讲话。他指出：

改革开放 20 年来，我国乡镇企业异军突起，迅猛发展，已经成为农村经济的主体力量和国民经济的重要组成部分。

乡镇企业的发展，对促进国民经济增长和支持农业发展，对增加农民收入和吸纳农村富余劳动力，对壮大农村集体经济实力和支持农村社会事业都发挥了不可替代的重要作用。现在，国民经济新增份额中有很大一块是由乡镇企业创造的。

搞好乡镇企业，对于实现今年国民经济发

展目标至关重要，也有利于稳定和加强农业，搞活国有企业，促进整个国民经济进入良性循环。

针对乡镇企业在经营中出现的问题，江泽民也给予了充分的重视。江泽民要求：

> 各级党委、政府要把发展乡镇企业列入重要工作日程，认真贯彻"积极扶持、合理规划、分类指导、依法管理"的方针，制定和落实促进乡镇企业发展的政策措施，加强对乡镇企业改革的指导。各有关部门要关心乡镇企业的发展，在信贷、出口、市场融资，利用外资、技改项目等方面给以必要的支持。要切实减轻乡镇企业的负担，不能各方面都向乡镇企业伸手。

在中央领导的支持下，乡镇企业克服了市场竞争激烈、资源紧张、环境污染等诸多问题，不断创造出了一个又一个骄人的成绩。

本书主要参考资料

《走向世界的中国乡镇企业》徐逢贤等著 中国青年
　　出版社

《中国的乡镇企业》何康主编 中国农业出版社

《改革开放30年中国乡镇企业辉煌之路》卢永军主
　　编 中国农业出版社

《中国乡镇企业30年：1978—2008》 甘士明主编
　　中国农业出版社

《东西合作——乡镇企业的创新与发展》魏小兵主编
　　中国农业出版社

《乡镇企业制度与管理创新》宝贡敏 陈祥槐等著 山
　　西经济出版社

《中国乡镇企业专题成功经验典范》姜永涛 宗锦耀
　　主编 中央文献出版社